Charlotte Elisabeth von der Recke

Etwas über des Herrn Oberhofpredigers Johann August Stark

Verteidigungsschrift

nebst einigen andern nötigen Erläuterungen

Charlotte Elisabeth von der Recke

Etwas über des Herrn Oberhofpredigers Johann August Stark Verteidigungsschrift
nebst einigen andern nötigen Erläuterungen

ISBN/EAN: 9783743666849

Hergestellt in Europa, USA, Kanada, Australien, Japan

Cover: Foto ©Raphael Reischuk / pixelio.de

Weitere Bücher finden Sie auf **www.hansebooks.com**

Etwaß

über

des Herrn Oberhofpredigers

Johann August Stark

Vertheidigungsschrift

nebst einigen andern

nöthigen Erläuterungen

von

Charlotte Elisabeth Konstantia von der Recke
geb. Gräfinn von Medem.

Berlin und Stettin,
bey Friedrich Nicolai
1788.

An

Herrn Hofrath Bode

in

Weimar.

Verehrungswürdiger Freund!

Als unser Mendelssohn seine Uebersetzung der Psalmen Davids seinem Freunde Ramler dedicirte, sagte er in der Zu-
eignungsschrift an unsern deutschen Horaz
folgendes: „Ich bin gewohnt, bey jeder
„Ausarbeitung, die ich unter Händen
„habe, mir einen Freund zum Leser zu
„denken, dem ich vorzüglich zu gefallen
„strebe." Darf ich jetzt auf Sie und auf
mich eine Anwendung hievon machen,
und es öffentlich bekennen, daß Sie, Ver-
ehrungswerther, der Freund sind, dem

* 3   ich

ich in dieser Schrift vorzüglich zu gefallen wünsche? Sie, lieber Bode, zeigten mir zuerst mit wahrer Weisheit und Mäßigung, wohin die unordentliche Begierde nach Geheimnissen endlich führe. Sie haben Erfahrung, sehr große Erfahrung; aber Sie besitzen auch Verschwiegenheit. Ohne mir zu sagen, was Sie über die Absichten der mannigfaltigen Geheimnißkrämer wissen mögen, (denn das ließ sich nicht thun, wie ich sehr wohl einsehe), gaben Sie mir einige freundschaftliche Winke, die im Zusammenhange mit manchen andern Umständen, wie ein Lichtstrahl auf meine Augen fielen, daß sie um sich zu sehen anfingen. Nachher bin ich vor mir selbst Ihren ersten Winken gefolgt; und mir ging über manches, was ich für unschädliche Schwärmerey und Thorheit gehalten hatte, durch Vergleichung meiner eignen Erfahrung mit sehr vielen Umständen die ich glaubwürdig vernahm, allmählich ein helles und schreckliches Licht auf. Dieß gab mir den Muth Cagliostro zu ent-

entlarven, — ihn, den Sie bald nach seiner hiesigen Erscheinung durch die von Ihnen im J. 1781 herausgegebene kleine, aber so nützliche Schrift: Ein Paar Tröpflein aus dem Brunnen der Wahrheit, ausgegossen vor dem neuen Thaumaturgen Caljostros, aus einer Entfernung von beynahe zweyhundert Meilen, schon in seiner Blöße dargestellt hatten. Eben dieß Licht, dessen erster Schimmer mir eigentlich durch Sie, Verehrungswürdiger, leuchtet, belebte meinen Eifer, selbst auf meinem Krankenlager, die gegenwärtige kleine Schrift, zur Steuer der Wahrheit, — die auf Menschenglück so sehr großen Einfluß hat, — niederzuschreiben.

Sie aber, mein theurer Freund, sollen durch diese öffentliche Bezeugung meines Danks, keineswegs aufgefodert seyn, an dem Schritte, den ich durch diese Schrift thue, auf irgend eine Art Theil zu nehmen; dazu ist mir Ihre weise und

* 3   thätige

thätige Ruhe zu lieb. Billigen Sie nur
im Stillen diesen Schritt, — Sie —
von dem ich jeden Schritt meines litterarischen Lebens gebilliget wünsche; dann werde ich, mit ruhiger Selbstzufriedenheit, jeder Mißdeutung gelassen entgegen sehen,
und durch den Gedanken froh seyn, daß
mein strengster — aber von mir innigst ge-
ehrtester Freund zufrieden ist mit seiner

Mitau,
den 22. Hornung
1788.

wahren Freundinn
Elisa.

Vorbericht des Verlegers.

Ich erhielt von der edlen Verfasserinn in der letzten Hälfte des Hornungs folgendes Schreiben:

„Seit vorigem Oktober bis auf diese Stunde bin „ich an einem schweren Nervenfieber und schmerzhaf„ten Krämpfen sehr krank, und immer dem Grabe „nahe gewesen. In den ersten Tagen des Jänners „erhielt ich den zweyten Theil von Herrn Starks „Vertheidigungsschrift. Ich ließ mir das ungeheure „Werk auf meinem Krankenlager vorlesen, und „faßte sogleich den Vorsatz, die wenigen Tage, die „ich vielleicht zu leben habe, darauf zu verwenden, „meine Zeitgenossen vor Abwegen zu warnen, die „zum Verderben leiten, und die wahre Moralität

„und

„und dauerhafte Glückseligkeit der Menschen zernich-
„ten. Meine schmerzhafte Krankheit hat mich be-
„hindert, auf die Schreibart in meiner Schrift Acht
„zu haben, die vielleicht hin und wieder nicht gefeilt
„genug ist, zumal da ich nicht selbst schreiben konnte,
„sondern diktiren mußte. Ich schicke Ihnen diese
„meine Schrift, so wie sie mir aus der Seele floß,
„indem ich mich immer fragte: Wie wirst du diesen
„Schritt dann ansehen, wenn du vielleicht aus der
„nächsten Ohnmacht nicht mehr erwachest, sondern
„zum bessern Seyn hinüberschlummerst? Haben Sie
„die Güte, dafür zu sorgen, daß das Manuskript
„noch zu Ostern gedruckt erscheine; denn ich wünsch-
„te nicht, daß die Irrthümer, die Herr Stark in
„seiner Vertheidigungsschrift ausgesäet hat, zu stark
„Wurzel fassen. Disteln und Dornen müssen beyzei-
„ten ausgerissen werden, auf daß der gute Saamen
„nicht ersticke; denn wenn M a g i e, M y s t i k, S w e-
„denborgisches Evangelium, und S t a r k s
„klerikalische M a u r e r e y überhand nehmen, so
„werden wir, statt durch Christenthum glücklich zu
„seyn, bald wieder unterm Priesterthum seufzen.
„Von dem, was ich über Sie, Herrn B i e s t e r
„und Herrn G e d i k e gesagt habe, streichen Sie
„kein Wort weg, wenn Sie mich nicht betrüben
„wollen. — Noch kann ich Sie versichern, daß
„dieser Aufsatz meine Genesung warlich nicht ver-
„zögert, eher noch meine Krankheit vermindert hat;

„denn.

„denn der Gedanken, daß ich vielleicht Nußen stiften
„kann; gab mir (wie alle meine Freunde, die um
„mein Krankenlager gewesen sind, es bezeugen kön=
„nen) solch eine Heiterkeit der Seele, daß diese auf
„meinen Körper wohlthätige Einflüsse hatte.“

In einem folgenden Briefe vom 22. Hor=
nung sagt Sie:

„Was Herrn Schlosser betrift, so schätze ich
„desselben Talente zu sehr, als daß ich es nicht
„hätte versuchen sollen, ob ich ihn auf richtigere
„Begriffe über meinen Schritt leiten könnte, den
„intriganten Betrüger Cagliostro zu entlarven,
„und dadurch den für den menschlichen Verstand
„gefährlichen Folgen der sich immer mehr verbrei=
„tenden Schwärmereyen Einhalt zu thun. Auf
„der andern Seite hoffte ich auch, es würde Herr
„Schlosser seinen blendenden Wiß nie mehr zur Ab=
„wendung der Beschuldigungen gegen diesen oder an=
„dere Betrüger anwenden, wenn ich ihn aufmerksam
„machte, welche schädliche Folgen seine dergestalt
„angewendete muthwillige Laune haben müsse. Diese
„beiden Gründe bewogen mich, Herrn Schlos=
„sers Vertheidigung des Cagliostro einigermaßen
„zu zergliedern. Ich vermuthe aber, daß ich,
„wenn auch mein Leben noch länger dauern sollte,
„über alles, was jemals wider mich sollte geschrie=
„ben

„ben werden, ſchweigen werde; es wäre denn,
„daß man mich überzeugte, daß ich worinn geir-
„ret hätte, da ich denn gern widerrufen will.
„Sonſt iſt, nach meiner Denkungsart, ſelbſt un-
„verdienter Tadel immer belehrender, als unver-
„dientes Lob."

Gleich auf die erſte vorläufige Nachricht, die mir die vortrefliche Dame gab, daß
Sie wider Herrn Stark ſchreiben wollte,
hatte ich mir die Freyheit genommen, Ihr
verſchiedenemal ernſtlich davon abzurathen.
Die Gründe waren theils von Ihrer ſchwe-
ren Krankheit hergenommen, und von der
Furcht, daß die ſtarke Anſtrengung bey kaum
wieder anfangender Geneſung leicht einen gefährlichen Rückfall verurſachen könnte; theils
von Ihrer eigenen individuellen Lage; theils
von der beſondern Beſchaffenheit der geheimen Gegenſtände und geheimen Verbindungen, über welche es, wie es mir ſcheint, bey
noch ſo genauen Kenntniſſen und bey den beſten Abſichten, doch beynahe unmöglich iſt,
etwas für das Publikum genugthuendes zu
ſchreiben. Denn wichtige Rückſichten von
ſehr

sehr mancherley Art machen es fast bey jeder
Zeile nothwendig, nicht alles zu sagen, und
zuweilen da ganz zu schweigen, wo es am nö-
thigsten wäre, sehr deutlich zu reden. Dadurch wird es denn, wenn gleich die Sachen
den Gegnern selbst, die alle Umstände im Zusammenhange kennen, noch so klar sind, diesen Leuten zuweilen sehr leicht, alles vor dem
Publikum zu vermänteln, oder wieder gar
zu verdunkeln, und so die Wirkung alles
dessen, was über diese so bedenkliche als de-
likate Gegenstände öffentlich geschrieben wird,
zu schwächen und beinahe ganz zu ver-
tilgen. Ich wünschte daher nicht, daß eine
Dame diese Gegenstände berühren möchte,
weil ich es für ungemein schwer hielt, daß
Sie auf eine genugthuende Weise, und so,
daß Sie nicht mißverstanden würde, Sich
darüber deutlicher erklären könnte, zumal,
da ich nicht einsah, wie weit ein Frauenzimmer hierinn könnte unterrichtet seyn, und wie
sie sich, wenn sie es auch hinlänglich seyn sol-
te, so nehmen könnte, daß sie weder zu wenig
noch zu viel sagte. Dieß stellte ich Ihr vor;
und

und ausserdem: welche Beschwerlichkeiten mit jeder Streitschrift verknüpft sind; wobey ich, ich gestehe es, auch noch Gründe von der Art hernahm, mit welcher sich Ihr Gegner bereits in seinem letztern Streite gezeigt hat.

Hierauf schrieb Sie mir, unterm 27. Hornungs, unter andern folgendes:

„So lange Sie mir noch nicht beweisen kön„nen, daß mein Schritt nicht zum Besten der „Wahrheit und guten Sache gereicht, so lange „werden Ihre Vorstellungen dawider vergeblich „seyn. Wer weiß, wie lange ich noch in dieser zer„brechlichen Hülle und unter meinen lieben Freun„den walle! Lassen Sie mich doch mit dem Be„wußtseyn von hinnen scheiden, daß ich, wo ich „gekonnt habe, nützlich zu seyn, bemüht gewesen „bin, und nie an mich selbst allein gedacht habe. „Ja! wenn ich Gutes wirken kann, so will ich „mir auch sogar gefallen lassen, von meinen Freun„den eine Zeitlang verkannt zu seyn; es wird doch „eine Zeit kommen, wo diese den Bewegungs„grund von jeder meiner Handlung genauer einse„hen, und mich um so mehr lieben werden. Sagt „Ihr nächster Brief mir abermals, nachdem Sie „mein Manuskript gelesen haben, daß Sie es „nicht gern zum Drucke befördern wollen; so wer„den

„den. Sie dadurch — den Fall ausgenommen, daß
„Sie mir beweisen, daß Wahrheit und gute Sache
„durch diese Schrift nichts gewinnt — weiter nichts
„erlangen, als daß diese Schrift, deren Bekannt-
„machung zur Ostermesse ich sonst sehr wünschte,
„etwas später, in der Michaelismesse bey ***
„in ** erscheinen wird. Sollte ich in dieser Zwi-
„schenzeit sterben, so will ich es sodann einem mei-
„ner hiesigen Freunde auftragen, daß er sie nach
„meinem Tode herausgiebt. Ob ich zwar bis jetzt
„nur selten Einen Tag ausser dem Bette zubrin-
„gen kann, so kann ich Sie doch versichern, daß
„mein vortreflicher Arzt, und ich selbst, seit die-
„sem Monate die Hofnung habe, daß ich mit dem
„Anfange des Frühlings genesen werde. Beruhi-
„gen Sie sich also auch noch hierüber, und glau-
„ben ja nicht, meine Schrift wider Herrn Stark
„könne meine Genesung verhindert haben.“

Nachdem ich die Handschrift gelesen, und
obige Erklärungen der vortreflichen Verfasserinn erwogen hatte; so glaubte ich, die Be-
kanntwerdung dieser Schrift nicht verhindern
zu müssen, zumal da ich die Gegenstände, deren öffentliche Behandlung, meiner Einsicht
nach, die größte Schwierigkeit haben würde,

theils

theils ganz übergangen, theils mit so weiser
Mäßigung behandelt fand, daß es mir schien:
es könnten auch diejenigen, welche allem öffentlichen Schreiben über diese nicht mehr ganz
unbekannt gebliebenen Gegenstände so sehr zuwider sind, wenn sie sich in die Lage dieser
Dame nur einigermaßen setzen wollen, so
viel sie hier darüber sagt, nicht unzuläßig
finden.

Die edle Wahrheitsliebe der Verfasserinn
wird hoffentlich jeder unbefangene Leser auch in
dieser Schrift erkennen, und den Muth und
Scharfsinn bewundern, mit welchem Sie Mißbräuche entfaltet, die freilich, leider! im Verborgenen sehr weit ausgebreitet sind. Ich
habe, nach dem Verlangen der Verfasserinn,
kein Bedenken getragen, auch dasjenige, was
Sie, aus eigener Bewegung, zu meiner Vertheidigung geschrieben hat, abdrucken zu lassen.
Warum hätte ich dies nicht thun sollen; zumal
da damit die Vertheidigung zweyer rechtschaffenen Männer verbunden ist, gegen die Herr
Stark, so wie gegen mich, auf die unwürdig-
ste

ste Art sich betragen hat? Ich bin schon lange
gewohnt, wegen meiner Freymüthigkeit auf
mancherley Art angefeindet, und von Läster-
zungen verunglimpft zu werden. Dieß geht
mir auch hier so; aber ich erwarte ruhig, biß
sich der Nebel nach und nach wird gelegt haben,
durch welchen der reine Strahl der Wahrheit
jetzt hin und wieder noch nicht durchdringen
kann. Bis dahin gereicht mir mein eigenes
Bewußtseyn daß ich recht gehandelt habe,
und der Beyfall rechtschaffener und wohl unterrichteter Personen zur Beruhigung; daher ist
mir allerdings auch das öffentliche ehrenvolle
Zeugniß des Beyfalls einer Dame sehr viel
werth, deren mannigfaltige Kenntnisse sowohl
als die vortreflichen Eigenschaften Ihres Geistes und Herzens, Ihr schon längst die allge-
meine Verehrung aller Rechtschaffenen, die
Sie kennen, zugezogen haben.

Was Herrn Oberhofprediger Stark be-
trift, so hat er sich durch seine zwey korpulenten
Bände über Kryptokatholicismus u. s. w.
so völlig in Besitz gesetzt, alles nach Gefallen
mis-

miszuverstehen, und so unüberlegt=heftig als falsch zu beurtheilen, daß mich nichts wundern wird, was er hierüber, und selbst über die edle Verfasserinn wegen der nachfolgenden Schrift sagen möchte. Er hat mich, ganz ohne meine Veranlassung, in seinen Streit ziehen wollen. Ich finde aber gar nicht nöthig, mich mit ihm einzulassen. Wie man aus dieser Schrift nun sehr deutlich sieht, so hat er eigentlich, durch sein eigenes geheimes Betragen, selbst zu ungleichen Gedanken wider sich Veranlassung gegeben. Darüber öffentlich meine Meinung zu sagen, bin ich um so viel weniger geneigt, da bey dieser Untersuchung so viel Gegenstände in Betrachtung kommen würden, worüber das großе Publikum gar zu gern urtheilen mag, ob es gleich aus Mangel vollständiger und deutlicher Kenntnisse nicht wohl richtig urtheilen kann. Diese Kenntnisse dürfen demselben nicht gegeben werden, und können auch ihrer Natur nach, nicht schriftlich mitgetheilt, sondern müssen durch anschauende Einsicht beygebracht werden. Daher wird es demjenigen, welcher hierüber dem Publikum bloß einen blauen

Dunst

Dunſt vormachen will, um ſich auszureden,
ſo ſehr leicht; und dagegen demjenigen, der dieſen Dunſt zerſtreuen, und deutliche Begriffe
an die Stelle ſetzen wollte, würde dieß ſchwer
und beinahe unmöglich werden: ſelbſt wenn
man an die mannigfaltigen Rückſichten, die
ſich bey jedem Schritte finden, auch nicht denken wollte. So hat es mir, nach reifer Ueberlegung geſchienen. Ich habe daher über
Gegenſtände dieſer Art nie öffentlich ſchreiben
mögen, und kann auch noch keinen möglichen
Fall vorausſehen, wo es nützlich oder nöthig
ſeyn möchte, daß ich es thäte. Ich werde
daher für meine Perſon ganz gelaſſen anſehen
müſſen, wenn Herr Stark das dieſer Gegenſtände unkundige Publikum überreden kann
er habe ſich vollſtändig und unwiderleglich vertheidigt. Will und kann aber ein Anderer
hierüber dem Publikum nähere Erläuterungen
geben, ſo kann ich es auch wohl geſchehen laſſen. Ich konnte daher, wie ich glaube, den
Verlag dieſer Schrift wohl übernehmen, ohne
meiner Seits Antheil an dem Starkiſchen
Streite zu nehmen. Das vernünftige Publikum
ſey

sey Richter, ob ich hierinn recht handelte. Herr
Stark, wenn er sich selbst es ferner erlauben kann,
mag meinethalben auch auf mich schimpfen so
viel ihm beliebt. Er wird dadurch mir nicht schaden und seine Sache gewiß nicht besser machen.
Berlin den 10. März 1788.

Friedrich Nicolai.

Druckfehler.

Seite 60. Zeile 2. von unten. Druckfreiheit lies Denkfreiheit.

Herr

Herr Oberhofprediger Stark hat, wie ich aus seinem Werke „Ueber Kryptokatholicismus „u. s. w." sehe, das was ich in meiner Nachricht von Cagliostro über ihn sagte, sehr gemisdeutet. Da ich alles, was ich in meinem Buche schrieb, auch die wenigen Worte über Herrn Stark, sehr sorgfältig überlegt habe, und bloß aus Liebe zur Wahrheit und zur guten Sache, im geringsten aber nicht in der Absicht, irgend Jemand zu beleidigen, die Feder ansetzte; so halte ich mich verbunden, dem Publikum, welches seine Vertheidigung wider mich *) gelesen hat, Rechenschaft zu geben, warum ich in meiner ersten Schrift etwas über ihn sagte. Der Zweck der gegenwärtigen Schrift ist also, einige Aufklärungen über wichtige mir bewußte Sachen zu geben, nicht aber zu streiten. Denn ich fühle sehr alles das Unangenehme, was Streitschriften, auch die von der besten Art, für den Streitenden sowohl als für den Leser haben. Man setze sich außerdem, ich weiß es sehr wohl, vielen Unannehmlichkeiten aus, wenn man mit einem Manne zu thun hat, der sich so zeigt, wie sich

Herr

---

*) Man sehe Herrn Stark's oben genanntes Werk, Th. II. im 2ten Abschnitt, S. 335, folg.

Herr D. Stark in seinem Buche über Kryptokatho=
licismus, zu meinem großen Bedauern, gezeigt hat.
Besonders empfinde ich auch ganz wohl, wie schwer
es für ein Frauenzimmer ist, in einem gelehrten
Streite öffentlich aufzutreten, und daß es hier fast
unmöglich fällt, Misdeutungen auszuweichen. Aber
dennoch, ob ich gleich alles dieses weiß und reiflich
überlegt habe, kann ich mich nicht entschliessen, ganz
zu schweigen. Ich sah seit zwey Monaten mich
mehrmals nahe an den Pforten des Todes. Kann
ich die wenigen Tage, die ich vielleicht nur noch zu le=
ben habe, besser nützen, als wenn ich sie dem Dienste
der Wahrheit widme? Vielleicht bin ich um so viel
mehr dazu verpflichtet, da ich freymüthiger sprechen
kann, als so manche andere, die, wie ich von vielen
Seiten her bemerke, durch vielerley Rücksichten ge=
nöthiget sind, von allem zu schweigen, was sie wis=
sen. Ich hänge von Niemand ab; ich habe keine
Kinder, um deren Wohl nicht zu schaden ich schweigen
müßte; und ich bin in den Sachen, von welchen hier
die Rede ist, an keinen Orden gebunden. Daher
kann ich fortfahren, öffentlich zu reden, und ich will
es. Sollte ich nicht ferner suchen, Aufmerksamkeit
zu erwecken, wo ich Aufmerksamkeit für heilsam hal=
te? Sollte ich nicht mich ferner bemühen, ins Licht
zu bringen, was man gern in Schatten und Dunkel
verhüllen möchte, auseinander zu setzen, was man
künstlich zu verwickeln sucht? Sollte ich nicht Wahr=
heit freymüthig sagen, so viel ich kann? Ach! Ich
fühle es dennoch nur allzusehr, daß ich bey weitem
nicht alles sagen darf, was ich weiß; und daß

Rück=

Rückſichten auf den Willen von Freunden, die ich
ſchätze, auf Umſtände, welche denen, die das Reich
der Finſterniß verdecken wollen, nur allzuſehr zu ſtat=
ten kommen, mich nöthigen werden, über vieles zu
ſchweigen, mir oft nur erlauben werden, ſchwache
Winke zu geben. Ich fühle es, ſelbſt indem ich die
Feder anſetze. Daher verzeihe ich es gern denen Per=
ſonen, die ſo viel über dieſe Materie, und was damit
verwandt iſt, wiſſen, und doch ganz ſchweigen, die
ſogar ſchweigen, wenn ſie öffentlich und namentlich
aufgefordert werden. Sie hängen, wie ich ſehr wohl
weiß, von Umſtänden ab, welche ſie verhindern, der
Wahrheit öffentlich Zeugniß zu geben. Sie müſſen
ſchon ſchief über ſich urtheilen laſſen, müſſen ſchon zu=
geben, daß Dinge, die öffentlich bekannt zu ſeyn
verdienten, unbekannt bleiben, und daß daher das
Publikum urtheilt, beſchuldigt und losſpricht, wenn
ihm gleich noch die nöthigſten Umſtände zum Urthei=
len verheelt, oder gefliſſentlich entſtellt werden. In=
deſſen kann ich vielleicht durch meine fernere freymü=
thige Darſtellung jemand ermuntern, daß auch er
ſich freymüthiger als bisher erklärt. Und denn
wohnt noch Gott im Himmel, der nach ſeiner Weis=
heit auch das Verborgenſte zu rechter Zeit ans Licht
bringen wird. Es kann dieß bald, und durch Mit=
tel geſchehen, an die wir jetzt noch nicht denken.

Die Stelle, Herrn D. Stark betreffend, ſteht
in der Nachricht von Caglioſtro S. 39. in der
ſechſten Anmerkung, und lautet folgendermaßen:

„Caglio=

„Cagliostro zielte hierdurch auf Herrn D. Stark,
„der von sich hat glauben lassen, daß er auch Oberhaupt
„einer geheimnißvollen Gesellschaft gewesen, die er,
„es sey nun, in welcher Absicht es wolle, mit hohen Er-
„wartungen hingehalten habe. Er lebte damals hier
„als Professor der Philosophie, schon seit länger als einem
„Jahre. Cagliostro erklärte ihn für einen Abgesandten des
„bösen Principiums, und für den besagten Nekromanti-
„sten, der auch von seinen Obern gesandt wäre, im Nor-
„den den verborgenen magischen Schatz zu heben. Wir
„bekämen die strengsten Verbote, nie Herrn D. Stark,
„oder einem seiner Eingeweiheten, unsre durch Cagliostr'
„gemachten Erfahrungen mitzutheilen. Dagegen erklärte
„Herr D. Stark unsern Wundermann in der Stille für
„einen schwarzen Magiker. Der eine warnte seine Schü-
„ler vor den Beschwörungen, welche durch Räuchern be-
„würkt werden; der andere vor denen, bey welchen der
„Degen gebraucht wird. Herr D. Stark könnte den
„Wahrheitsfreunden den Zusammenhang dieser Sache am
„besten erklären: und wie vielen Dank verdiente er sodann
„von ihnen! Ist er selbst hintergangen worden, so wünschte
„ich, daß er mit eben der Offenherzigkeit, wie ich, ebenfalls
„seine Verirrungen andern Betrogenen zur Warnung aus-
„führlich erzählen wollte.

„Wenn der Anti-St. Nikäse die Vermuthung nicht
„bestätiget hätte, die man von dem Herrn D. Stark heg-
„te, so würde ich seinen Namen hier nicht genannt haben.
„Hat Herr D. Stark die Glieder seiner geheimen Gesell-
„schaft mit hohen Erwartungen hingehalten, und seine
„Vorspiegelungen nicht erfüllt; so werden diese vielleicht
„auch hierdurch aufmerksamer auf seinen Gang und seine
„Lehren werden. Hat er hingegen nichts Mystisches, nichts
„Magisches gelehrt, keine hohe Erwartungen von übernа-
„türlichen Kräften und Verbindungen in seinen Schülern
„erregt;

„erregt; nun, so kann ihm dies hier von Cagliostro ange=
„führte Zeugniß keinen Schaden thun, weil alsdann kei=
„ner von den mit ihm Verbundenen zwischen ihm und
„Cagliostro eine Parallele ziehen wird."

Das Publikum mag, wenn es diese Blätter ge=
lesen haben wird, entscheiden: ob ich Unrecht that,
Herrn Oberhofprediger Stark mit aller Schonung
diesen Wink zu geben. Es ist doch einmal gewiß,
(obgleich Herr Stark in seiner so weitläuftigen Ver=
theidigung nicht ein Wörtchen darüber zu sagen für
gut findet): daß er bey seinem hiesigen Aufenthalte
einen sehr thätigen Antheil an geheimen Ver=
bindungen genommen hat, daß er bey den Leuten
welche glaubten, große Geheimnisse wären noch von
unbekannten Obern, besonders aus Frankreich, zu er=
langen, für einen wichtigen Mann, der die rech=
ten unbekannten Quellen der Geheimnisse ken=
nen müßte, allgemein gehalten, und deshalb mit
geheimer Ehrfurcht angesehen ward, daß er we=
nigstens gewiß nichts that, um diese Meinung von
sich abzuwenden, oder die ihm deshalb erzeigte
Ehrfurcht zu verringern, daß er vielmehr wirklich
Schüler in diesen vermeinten geheimen Wissen=
schaften hatte, und daher in den nicht ungegründe=
ten Verdacht kam, auch er habe seinen Schülern Er=
wartungen vorgespiegelt, die er nicht erfüllt hätte.

Ich wünschte daher, zum Besten der Wahrheit
und des geläuterten Protestantismus *), auch (nach

A 3   dem

---

*) Um vom Herrn Oberhofprediger wegen des Aus=
bruchs: geläuterten Protestantismus, nicht gleich
andern

dem Ausdrucke des Herrn Oberhofpredigers) die öf=
fentlich abgelegte Beichte dieses berühmten Gelehrten
zu lesen, und ihn so neben mir, die er eine reuige
Sünderinn *) nennet, als einen reuigen Sün=
der, vor dem Publikum erscheinen zu sehen. Denn
wenn er selbst wirklich in den Erwartungen, die er
in andern erregt hatte, von seinen sogenannten Obern,
sie mögen unbekannt oder bekannt gewesen seyn,
war betrogen worden; so schien es mir: ein Mann,
der öffentlich als ein aufgeklärter Gottesgelehrter
bekannt war, insgeheim aber von solchen elenden
Künsten, als großen Geheimnissen, und als von un=
bekannten Kräften der Natur, gegen so viele angese=
hene Leute geredet hatte, sey es der Wahrheit und
seiner eigenen Ehre schuldig, diese zweideutigen Nach=
richten von sich auseinander zu setzen, zu gestehen, daß
er sey betrogen worden, von wem er sey betrogen
worden, und seine Schüler sowohl, als auch andere
recht=

andern freymüthigen Leuten aus der christlichen
Kirche hinausgebannt zu werden; will ich hier
bekennen, daß ich meine christlichen Religionsbe=
griffe durch Spaldings, Jerusalems und Zolliko=
fers Schriften geläutert habe; und daß ich Spal=
dings Predigt über die unordentlichen Begier=
den nach Zeichen und Wundern, jedem Prote=
stanten empfehle, der aus der römischkatholischen
Kirche die Lehre von den immer noch fortdauern=
den Wundergaben wieder in die unsrige hinüber=
tragen will.

*) Man sehe den angeführten 2ten Theil von Herrn
Starks Schrift, S. 336.

rechtschaffene Leute vor der unnützen und schädlichen
Sucht nach Geheimnissen zu warnen. Dieses hatte
ich gehofft; aber wohl nicht, daß er in einer zwey
Bände starken Rechtfertigung alle diese Sachen ver=
mänteln, und vieles vorgeben würde, was mit dem,
was er damals insgeheim sprach und that, gar nicht
übereinstimmt.

Hierzu kommt noch, daß man sich schon zu der
Zeit, da der Herr Oberhofprediger noch hier in Mi=
tau war, ins Ohr sagte: Er sey bey seinem Auf=
enthalte in Frankreich zur römischkatholischen
Kirche übergetreten, um dadurch das Vorrecht
zu gewinnen, in der Sorbonne und in den ka=
tholischen Klöstern zu manchen wichtigen mau=
rerischen Schriften zu gelangen; nun er aber
diese in Händen habe, sey er äusserlich wieder
zu seiner Kirche zurückgetreten. Den Grund
oder Ungrund dieses Gerüchtes wage ich nicht zu ent=
scheiden; so viel aber ist gewiß, daß seit 1781 dieß
in Kurland und Liefland von vielen geglaubt wurde,
und noch jetzt, ungeachtet seiner weitläuftigen Ver=
theidigungsschrift, die auch gleich hier mit großer Be=
gierde gelesen wurde, noch immer von vielen ge=
glaubt wird. Diejenigen, welchen die geheimen
Wissenschaften, die der Herr Oberhofprediger hier
insgeheim anpries, und das Ansehen, welches er sich
dadurch in einem gewissen Zirkel zu erwerben wußte
noch in frischem Andenken ist, haben sich sehr verwun=
dert, daß er, da er soviel zur Sache nicht gehöriges
in seiner Vertheidigungsschrift vorbringt, gerade
diejenigen Dinge, in welchen er insgeheim auf eine

A 4   so

so unerklärliche Weise thätig gewesen, nicht berührt, und wenn er ja etwas dahin gehöriges nicht vorbeygehen kann, es entweder vermäntelt oder nur Worte, aber keine deutliche Begriffe giebt. Gerade da, wo diejenigen, welche die geheime Rolle kennen, die er in Königsberg und hier spielte, am gewissesten einigen Aufschluß erwarteten, hüllt er sich in ein geflissentliches Dunkel, geräth in großen Zorn, und stößt eine große Menge heftiger, alter und neuer Schimpfworte aus, so daß man es unglaublich finden möchte, ein Lehrer der Religion Jesu, welche Sanftmuth gebietet, habe diese Schrift geschrieben.

So weit meine Bekanntschaft reicht, habe ich gefunden, daß nur diejenigen, welche von des Herrn Oberhofprediger Starks Bemühungen in dem dunkeln Gebiete der vorgespiegelten Geheimnisse nichts wissen, die ihn nur als den Verfasser des Hephästions oder der Geschichte des Arianismus kennen, glauben, Herr Stark habe sich wirklich durch sein Werk gerechtfertigt, und es um so vielmehr glauben, weil sie sich gar nicht vorstellen können, daß ein so berühmter und so aufgeklärt scheinender Gelehrter insgeheim mit theosophischen, magischen, nekromantischen und andern Thorheiten sich ernsthaft könne beschäftiget und sie ausgebreitet haben. Diejenigen aber, welche wohl wissen, welche unerklärliche Dinge er insgeheim sprach und zu verstehen gab, sind mehrentheils der Meinung, daß diese ganze Rechtfertigung ihn bey weitem nicht völlig loßspreche, weil er seine geheime Konnexionen und Bemühungen weder erläutert noch

recht=

rechtfertigt, und daß der Verdacht, der gegen
ihn durch seine eigene Veranlassung entstanden sey,
dadurch gar nicht sey gemindert worden.

Ich will, wie ich nochmals wiederhole, nicht
entscheiden, ob dieser Verdacht und das obenerwähnte
verbreitete Gerücht gegründet sey oder nicht. Genug,
dieß Gerücht, der Umstand, daß im St. Nikaise
(für dessen Verfasser man Herrn Stark ziemlich allgemein hält) immer dahin gewiesen wird, in den katholischen Klöstern wären die rechten großen Geheimnisse und die rechten großen Freymaurer zu finden, verschiedene dunkle Stellen in Herrn Starks
Apologie der Maurerey, welche auch dahin aus-
gelegt wurden, und so manches andere mir Dunkle
und Unerklärliche in des Herrn Oberhofpredigers Betragen: bewogen mich, in der besten Absicht, zu je-
ner, meinem Gefühle nach, bescheidenen Aeußerung,
durch welche jedoch Herr Stark sich beleidigt gefunden hat. Ich habe ihn aber nicht beleidigen wollen. Es gehörte dieser Umstand zu der vollständigen
Darstellung alles dessen, was Cagliostro in unserer
magischen Gesellschaft that. Ich wollte zugleich
Herrn Stark Gelegenheit geben, seine unerklärliche
Art, sich zu betragen, zur Zufriedenheit derer, die
er irre führte, aufzuklären. Ich stellte mir dabey
vor, er wäre, gleich mir, von seinem ehemaligen
Aberglauben ganz zurückgekommen; und schloß also, er
würde, so wie ich, jede Gelegenheit gern ergreifen,
dieß zu gestehen, und die leichtgläubigen Betrogenen,
wovon er verschiedene doch selbst irre geführt hatte,
zu warnen. Ich bedaure, daß ich zu merken an-

A 5   fange,

fange, wie sehr Ich mich geirret habe. Zwar hat
Herr Oberhofprediger Stark in seiner Rechtfertigung
S. 235. schon im Voraus allen denen die tieffste
Verachtung angekündigt, die seine Vertheidigung
nicht genügend finden. Aber ein solcher Bannstrahl
in die Luft geschleudert, kann weiter Niemand Schaden bringen. Ich bin demungeachtet jetzt noch der Meinung, seine Rechtfertigung rechtfertige ihn bey weitem noch nicht.

Der Herr Oberhofprediger Stark zwingt mich,
durch die wenig aufrichtige Art, mit welcher er sein
Benehmen in den geheimen Zirkeln in seiner Rechtfertigung vorzustellen sucht, hier etwas mehreres darüber zu sagen. Nicht um ihn zu verunglimpfen,
nicht aus Rechthaberey; sondern um dasjenige, was
mich selbst und Herrn Starks Verhandlungen mit
mir betrift, in das rechte Licht zu setzen. Er sagt
mit einer Dreistigkeit, die meine Hochachtung gegen ihn nicht vermehren kann, S. 335. „Ich hät-
„te einen Anfall auf ihn gethan, gewiß ohne die
„mindeste Veranlassung an ihm selbst endeckt
„oder wahrgenommen zu haben,“ da er doch die
Veranlassung wohl wissen konnte. Zugleich be-
wegt mich auch meine Wahrheitsliebe, zur Aufklärung
dieser wichtigen Streitsache, die auf so sonderbare Art
immer mehr verdunkelt wird, so viel ich vermögend bin,
beyzutragen. Das Publikum, welches diese Blätter zu
lesen würdiget, wird mir es zu gute halten, wenn ich
es in meiner Erzählung vielleicht mit mancher anschei-
nenden Kleinigkeit unterhalte; aber selbst diese Kleinigkeiten

nigkeiten werden zu einiger Erläuterung dunkler Begebenheiten dienen, welche billig ins Licht gesetzt werden sollten, aber es nie ganz werden können, so lange
Herr Stark selbst noch ein geflissentliches Dunkel
darüber verbreitet; und so manche würdige Männer
noch nicht reden wollen, welche reden könnten. Ich
gehe bis in die Zeit zurück, da der Herr Oberhofprediger Stark nach Kurland kam.

Noch bevor er aus Königsberg als Professor hie-
her berufen wurde, hieß es in Mitau und in Kurland
überhaupt schon: daß er nicht nur ein sehr gelehrter
Mann, sondern auch, wie schon oben gedacht, besonders ein großer Freymaurer sey, der die ächten
Geheimnisse der Maurerey besitze, und sich mit
der geistlichen Maçonnerie (wovon schon viel war
ausgebreitet worden, die man damals nicht eigentlich
kannte, aber doch glaubte, daß sie weit über die welt-
liche erhaben sey) beschäftige. Dieß Gerücht machte mich auf Herrn D. Stark, nach meiner damaligen Denkungsart, sehr aufmerksam; und bevor ich
ihn noch gesehen hatte, freute es mich, daß mein Va-
terland einen so ächten Freymaurer in sich schliessen
sollte. Denn durch die Anhänglichkeit meiner nächsten Verwandten und liebsten Freunde für die Maurerey, war auch meine Seele zur vorzüglichen Hochachtung für diese Gesellschaft gestimmt, die mir,
wenn sie nicht magische und ähnliche Geheimnisse zum
Zweck hat, auch jetzt noch sehr ehrwürdig ist.

Als Cagliostro bey uns erschien, und unsre schon
so sehr auf Geheimnisse gespannte Ideen noch höher
spannte,

spannte, als er sodann eine eigene Gesellschaft und besonders eine Loge d'Adoption stiftete, womit er warlich nicht bloße Ceremonien im Sinne hatte, sondern dadurch mit uns sehr weitaussehende Absichten erreichen wollte; so warnte er selbige, wie ich schon angeführt habe, vor Herrn D. Stark. Man muß sich nur erinnern, daß Herr Stark mit dem Rufe, als sey er Besitzer der längstgesuchten Geheimnisse, nach Mitau gekommen war, daß er in dieser Absicht mit größter Ehrfurcht betrachtet ward, daß sehr viele Umstände zusammen kamen, welche den Verdacht begründeten, er sehe gar nicht ungern, daß man diese Meinung von ihm hegte, ja daß er vieles that, um sie zu bestärken. Es war in unserm Zirkel sehr bekannt, daß Herr D. Stark bey Leuten wo es wirken konnte, immer eine sehr geheimnißvolle Sprache führte, und den Hang zu übernatürlichen Geheimnissen in manchen guten Seelen recht geflissentlich nährte. Wir glaubten also nach unsrer damaligen Gemüthsstimmung: in den magischen Geheimnissen, die wir so emsig suchten, wären Herr Stark und Cagliostro beynahe gleich wichtige Leute, nur jeder auf verschiedene Art; und jeder derselben hatte auch seine magischen Jünger und Anhänger. Zuletzt hielten wir, wie ich in meiner Nachricht angezeigt habe, den Cagliostro nicht etwa für einen Betrüger, sondern, nach unserm damaligen Vorurtheile, für einen zur schwarzen Magie hinüberwankenden Menschen. Nun fingen wir dagegen an, den Meinungen, welche der Herr Oberhofprediger Stark in uns erweckt hatte, beyzupflichten; und so war,

war, nach der damaligen Stimmung meiner Seele,
nichts natürlicher, als daß ich den Mann für einen
weißen Magier hielt, der die Operationen mit dem
Degen, (welche Cagliostro übte) nicht etwa für Betrug, sondern für schwarze Magie erklärte, und
zu den Geisterbeschwörern hingewiesen hatte, die
durch Räuchern (auf klerikalische Art) ihre Citatio-
nen zu Stande bringen.

Philosophische Köpfe, welche die Chimäre von
weißer und schwarzer Magie, die der Herr Oberhofprediger Stark in seinem Werke über Kryptokatholicismus so oft als Chimäre vorzustellen affektirt, die
er aber doch in so manchem Kopfe, auch in dem
meinigen, angefacht hatte, nicht kennen, werden
es freylich unbegreiflich finden, wie kluge Menschen
solche Alfanzereyen glauben konnten. Wenn diese
vernünftigen Leute, meine Verwandten, deren Andenken hier noch jedem heilig ist, der sie kannte, in
der Art beurtheilen, wie es Herr D. Stark in seiner
Rechtfertigung S. 335. thut, indem er sagt: „Ich
„hätte sie durch meine Schrift eben nicht in das
„vortheilhafteste Licht gestellt, und vor dem gan-
„zen Publikum als äusserst leichtgläubige Leute
„geschildert," so muß ich mir dieß gefallen lassen.
Die Absicht meines Buchs war nicht, meine mir sonst
so verehrungswerthe Verwandten, der Wahrheit
zuwider, auf einer unvortheilhaften Seite darzustel-
len, sondern ich wollte die Wahrheit ans Licht
bringen, und an meiner Verwandten und an meinem eigenen Beispiele zeigen, welcher großer Schaden entsteht, wenn man den dunkeln und unvernünf-
tigen

tigen Ideen von weißer und schwarzer Magie
nachhängt, und leichtgläubig genug ist, den Wun‐
dermännern, den Geisterbeschwörern, und denen die
sich rühmen, Geheimnisse zu besitzen, anzuhängen.
Herrn Stark, der selbst diese abenteuerliche Ideen
insgeheim auszustreuen suchte, und sich dazu der Ge‐
müther gutmeinender, aber leichtgläubiger Leute,
zu bemächtigen bemühet war, steht es wohl am we‐
nigsten an, hier die Leichtgläubigkeit meiner Ver‐
wandten zu tadeln. Ich überlasse den nachdenkenden
Lesern, was sie über diese Wendung Herrn Starks ur‐
theilen wollen; und wer mehr zu tadeln sey, Herr
Stark oder wir? Herr Stark, der gelehrte, auf‐
geklärt seynwollende Gottesgelehrte, der diese Fratzen
uns ehrwürdig machte, oder wir irre geführten leicht‐
gläubigen Leute, die wir ihm folgten? Wir, die wir
aufrichtig unsere Fehler erkennen und sie bereuen, oder
Herr Stark, der sie bemäntelt und läugnet?

Leute, die nicht zu diesen abenteuerlichen Ideen
erzogen wurden, und die mit geradem philosophischen
Sinne begabt sind, können sich schwerlich in die Si‐
tuation versetzen, welche dazu gehört, um alles das
zu glauben, was über weiße und schwarze Magie
in so manchen geheimen Gesellschaften gelehrt wird,
und was Herr D. Stark selbst darüber seine Jünger
und Anhänger insgeheim in Mitau, und soviel ich
gehört habe, auch in Königsberg lehrte. Ich will
versuchen, ob ich einigermaaßen zeigen kann, wie diese
falsche Ideen, von denen viele aufgeklärte Leute glau‐
ben, sie wären allenfalls nur in den Köpfen ganz un‐
unterrichteter Leute noch vorhanden, selbst bey vie‐

len

len sonst klugen Leuten Eingang finden; so daß diejenigen, die ihre Absichten dadurch zu befördern suchen,
diese Ideen benutzen, und sie sehr leicht immer fester
pflanzen können.

Die schwankenden Religionsbegriffe, die uns in
früher Jugend eingeflößt werden, sind größtentheils
so beschaffen, daß sie abenteuerlichen Begriffen den
Weg bahnen. Dahin gehört besonders die dunkle
Lehre von guten und bösen Engeln. Furcht und Scheu
vor diesen wird uns mehr eingeprägt, als Liebe und
Vertrauen zu jenen; ja, fast eben so sehr, als Vertrauen und Liebe zum Schöpfer und Vater der Geister selbst: und so denkt man sich diese mächtigen Wesen immer im Streite, liebet die einen, hasset und
fürchtet die andern, und bekommt gerade durch diese
von Jugend auf so sorgfältig eingepflanzten Ideen
Empfänglichkeit zur Lehre von der weißen und
schwarzen Magie. In reifern Jahren folgen die
mehresten ihren Berufsgeschäften, ohne sich viel um
Religionslehren zu bekümmern. Diese Untersuchung
überlassen sie der Geistlichkeit, und halten sich an blinden Glauben der Dinge, welche sie seit ihrer Kindheit als heilige Gegenstände verehret haben. Tritt
dann ein Schröpfer, Gaßner oder Cagliostro,
als Werkzeug geheimer Verbindungen auf, um den
menschlichen Verstand in den Schlamm des Aberglaubens tiefer hineinzuführen; so ist es sehr natürlich, daß diese Gaukler, weil sie unsre Religionsbegriffe zu benutzen wissen, und mit dunkeln und
falsch angewendeten Bibelsprüchen um sich werfen,
desto leichter bey allen Seelen Eingang finden, deren
Hang

Hang zum Wunderbaren durch solche geheime Gesell
schaften unterhalten wird, die von unbekannten Obern
abhängen und geleitet werden.

So wurden einige meiner Freunde und Verwandten, und ich selbst, unvermerkt Jahre hindurch
zu diesen mystischen Ideen erzogen; eben so wie man
zu Rom in der Propaganda Kinder so mannigfalti-
ger Nationen zur katholischen Kirche erzieht *). Hieraus

*) Vielleicht sind einigen Lesern dieser Schrift die An-
stalten der Propaganda, die doch auch in unsere
protestantische Länder wirkt, ganz unbekannt. Für
diese liefere ich den Auszug eines Briefes, den
ich 1785 aus Rom erhielt. — „Rom, den 11.
„Juni 1785 Morgens um 10 Uhr fuhren wir zur
„Propaganda, und wurden vom Direktor dieses
„merkwürdigen Instituts, vom Monsignor Bor-
„gia" (der seit 1786 zum Kardinal erhoben
worden) „empfangen. Dieser Mann hat in
„seinem Aeussern viel Einnehmendes, und ist
„des verehrungswürdigen Ganganelli vertrauter
„Freund gewesen. Borgia zeigte uns die Bi-
„bliothek und die Druckerey; letztere besteht aus
„30 Sprachen. Auch ließ unser Führer alle
„Schüler des Instituts zum Vorschein kommen.
„Da sahen wir denn viele Nationen auf einmal,
„als Armenier, Türken, Aethiopier, Chineser,
„und andre mehr. Diese werden auf Kosten des
„Instituts in der katholischen Religion unterrichtet,
„und zu Priestern eingeweiht, die nachgehends
„in ihre Heimath zurückkehren, und dort die
„katholische Religion predigen und auszubrei-
„ten suchen. Aus jeder Nation hielt einer eine
„Anrede

aus läßt sich erklären, wie Cagliostro bey so vielen
schätzbaren Menschen Eingang und Glauben fand,
und wie Herr Oberhofprediger Stark in so mancher
edlen Seele, durch Erzählung von Geistergeschichten,
wovon ich nur zwey anführen will, den Hang zur
Geisterseherey vermehrte.

Als ich mich dem Herrn Oberhofprediger Stark,
(wie er es selbst in seiner Rechtfertigung S. 340 und
341

„Anrede in seiner Sprache. Die chinesische Sprache
„ist die sonderbarste, und vorzüglich in Gesän-
„gen unmelodisch. Die Buchdruckerey ist zu dem
„Ende in diesem Institute, damit die Bibel und
„die römischkirchlichen Gesetze in alle Sprachen
„übersetzt und gedruckt werden können. Die
„Schüler dieses Instituts bleiben drey und meh-
„rere Jahre, nach den Fähigkeiten eines jeden,
„in der Propaganda. Nächst ihrer Muttersprache
„müssen sie die lateinische und italiänische zur Fer-
„tigkeit zu bringen suchen, und werden nicht eher
„aus dem Institute herausgelassen, als bis sie
„ganz geschickt dazu sind, Priester zu werden.“ —
Man sieht wohl, daß diese Einrichtung dahin ab-
zweckt, die Macht des römischen Stuhls noch immer
allenthalben zu vergrössern. In unkultivirten Ländern wird die katholische Religion mehr geradezu
verbreitet, (worüber auch der berühmte Niebuhr
im deutschen Museum December 1787, von der
Proselytenmacherey der Katholiken im Oriente,
bemerkungswerthe Dinge sagt). Wo aber Aufklärung und die protestantische Religion herr-
schen, da wird Aberglauben auf mannigfaltige
Art ausgestreuet, um so allmählig alles wieder

v. d. Recke Etwas über Stark.　　B　　unter

341 angezeigt) zu nahen suchte, hielt ich ihn durch
das, was vorgefallen war, für einen weißen Magier, durch welchen mein Durst nach Verbindungen
mit höhern Geistern gestillt werden könnte; denn
Cagliostro, den ich damals für einen schwarzen
Magier hielt, hatte meinen Hang nach übernatürlichen Geheimnissen nur noch reger gemacht, und durch
seine Warnung vor Herrn Stark, mein vorheriges
Wertrauen zu diesem berühmten Besitzer tiefer und
wichtiger Geheimnisse sehr vergrössert. Auch ward
von manchen mir sehr schätzbaren, nach Geheimnissen durstenden Freunden in Curland, Herr Oberhofprediger Stark als solcher verehrt. Ich hatte also
in die magischen Geheimnisse des Herrn Stark, welche ich nun erst recht zu ahnden anfing, gar kein Mistrauen; sondern wünschte und hoffte vielmehr, durch
meinen Umgang mit ihm zu der Seligkeit zu gelangen,

unter die Macht der Hierarchie zu bringen, und
die Herrscher aller Länder von der Priestergewalt
nach und nach wieder abhängig zu machen. Vielleicht ist es auch einigen Lesern unbekannt, daß
die Jesuiten selbst in Deutschland immer noch
Novizen annehmen, und daß vorzüglich aus Augsburg und Mariendorfen unweit Augsburg, die Novizen gerade zu den Jesuiten nach Polozk, in Weiß-
rußland, geschickt werden, woselbst sie zwey Jahre
als sogenannte Scholastici bleiben müssen, und
nachgehends geprüft werden, wozu der Orden sie
am nützlichsten gebrauchen und versenden kann.
Und so ist Polozk jetzt gewissermaßen das unmittel-
bare Werkzeug der Propaganda im Norden.

gen, nach welcher ich strebte, und welche auch so man=
chem von dem Herrn Oberhofprediger Stark vor=
gespiegelt wurde.   In meinen Besuchen, die ich ihm
nun machte, war, wie natürlich, nach meiner damali=
gen Seelenstimmung, und nach dem Rufe, in wel=
chem Er damals stand, mehrentheils die Rede von
der Kraft, in dieser unserer Umhüllung schon
zu der Gemeinschaft mit Geistern zu gelangen.
Warnte nun etwa dieser in ganz Deutschland für auf=
geklärt gehaltene Gottesgelehrte mich vor solchen fal=
schen Ideen? wie man aus seiner jetzigen gedruckten
Rechtfertigung schliessen sollte, worinn er über die Ma=
gie spottet, worinn er vorgiebt, er habe Schröpfern von
Anfang an verachtet, er sey allen Gaukeleyen und
Schwärmereyen nicht hold u. s. w.   Suchte er mich
auf andere Wege zu bringen? — Gerade das
Gegentheil! Mit vieler Beredsamkeit, die jedesmal
meine Hochachtung für die verborgenen Kenntnisse
des Herrn Oberhofpredigers vermehrte, machte er
mich durch so manche Erzählung von Begebenhei=
ten, die sich zu unsern Zeiten zugetragen haben soll=
ten, noch begieriger, selbst ähnliche Dinge zu erfah=
ren.   Eine Geschichte von einem Magier und einem
deutschen Prinzen, die Herr D Stark mir und
verschiedenen andern im engsten Vertrauen erzähl=
te, vermehrte nicht nur bey mir, sondern auch bey
den andern Zuhörern den Glauben an Magie; denn
seine hinreissende Beredsamkeit in diesem Fache
wirkte auf meine Seele damals mehr, als meine trok=
kene und abgekürzte Erzählung dieser Geschichte hier auf
die Leser wirken wird. Die Geschichte ist folgende:

„Ein

„Ein deutscher Prinz, der die übernatürliche Ge-
„meinschaft sterblicher Menschen mit Geistern läugne-
„te, macht die Bekanntschaft eines Mannes, von
„dem die Rede geht, daß er mit Geistern in Verbin-
„dung stehe, und dadurch übernatürliche Kräfte be-
„sitze. Der Prinz hält die Erzählung für Geschwätz;
„aber macht, Anfangs nur aus Neugierde, mit die-
„sem Magier Bekanntschaft. Er spricht mit ihm
„über diese Materie, hört Dinge, die ihn in Erstau-
„nen setzen, will aber die Wahrheit dieser Geschich-
„ten nicht eher glauben, als bis seine eigene Erfah-
„rung ihn überzeugt, daß übernatürliche Dinge möglich
„seyn. Er fragt den Magier: ob er wohl im Stande
„sey, durch seine Geister seine Gedanken zu erfor-
„schen? Der Magier sagt: Ja! Nun geht der Prinz
„ganz allein in ein Zimmer, schreibt etwas auf ein
„Blatt Papier, versiegelt dieß, zeigt es dem Magier,
„und sagt: Eher glaube Er nicht an seine übernatür-
„liche Kraft, als bis er durch seine dienstbaren Gei-
„ster erfahren, was Er in diesem versiegelten Papiere
„geschrieben habe. Der Magier verspricht dem Prin-
„zen nach einigen Tagen den Inhalt des versiegelten
„Zettels zu sagen. Der Prinz läßt diesen Zettel we-
„der Tag noch Nacht von sich, und als er nach we-
„nigen Tagen den Magier wiedersieht, überreicht die-
„ser dem Prinzen einen andern Zettel, in welchem
„Wort vor Wort das geschrieben steht, was der
„Prinz in seinem versiegelten Zettel aufgesetzt hatte.
„Nur findet er in dem Zettel des Magiers ein paar
„Worte unterstrichen; und als er um die Ursache
„hierum fragt, sagt der Magier dem Prinzen: Er

„(der

„(der Prinz) habe ja bey diesen unterstrichenen Wor-
„ten etwas Besonderes gedacht; und sagt ihm nun
„sogar: was Er dabey gedacht habe. Nun er-
„schrickt der Prinz, und wird völlig gläubig an die
„Magie."

Das unparteyische Publikum mag nun urtheilen,
ob wohl ein aufgeklärter Freund der Wahrheit, der dem
Aberglauben nicht Thore und Riegel öffnen will, solche
Geschichten in vertrauten Kreisen als große Geheimnisse,
als heilige Wahrheit und Wirkung der immer noch fort-
dauernden Wundergaben erzählen und anpreisen kann,
um so die lebhafte Imagination gutmüthiger Menschen,
die nach Vollkommenheiten streben, irre zu führen?
Das unparteyische Publikum mag urtheilen, ob es aus
Hrn. Starks öffentlich bekannten Schriften, und nach
dem Tone, den er in seiner Rechtfertigung annimmt,
wohl ihm zugetrauet haben würde, daß er fähig sey,
insgeheim mehrern Personen, nahe und fern, eine
solche Geschichte als wahr und als wichtig zu erzählen?
Ich bin es wenigstens gewiß: ein Jerusalem, Spalding, Zollikofer, Neander und mehrere verehrungswürdige protestantische Geistliche würden als treue Lehrer der Religion Jesu im Kreise ihrer Freunde nie solche
Ideen, durch welche das wahre, wohlthätige, vernünftige Christenthum herabgewürdiget wird, einwurzeln
lassen; hingegen würden sie mit christlicher Sanftmuth
und philosophischem Scharfsinne die Irrenden so viel
möglich zurechtweisen, und den Betrug, der diesem
Prinzen wahrscheinlich auf irgend eine Art bey der
Sache gespielt worden ist, zu entdecken gesucht haben.
Auch mag das unparteyische Publikum urtheilen,

B 3 ob

ob ich, wie Herr Stark es vorzustellen sucht, ohne
alle Veranlassung von seiner Seite, ihn in meiner
Nachricht von Cagliostro, neben Cagliostro er-
wähnte.

Noch eine Geschichte anderer Art hat der Herr
Oberhofprediger mir und verschiedenen Freunden im
Vertrauen erzählt, um uns zu beweisen, daß man
schon in dieser Welt gewissermaßen zum persönlichen
Anschauen Jesu gelangen könne.

„Ein Sterbenskranker, der ein frommer gott-
„seliger Mann und ein Freund des Herrn D. Stark
„gewesen ist, wird von diesem *) auf seinem Kran-
„kenlager besucht. Nach manchem frommen und re-
„ligiösen Gespräche entfernt er sich von seinem sterben-
„den Freunde, und bleibt mit ein Paar andern Freun-
„den im Vorzimmer des Kranken. Auf einmal werden
„sie alle durch einen übernatürlichen Glanz frap-
„pirt, der aus dem Zimmer des Kranken hervor-
„strahlt. Der Herr D. Stark geht zum Kranken
„hin-

*) Andern hat Herr D. Stark diese Geschichte in
der Art erzählt, als wäre er nicht Augenzeuge dieser Begebenheit gewesen. Ich und noch verschiedene Personen aber haben diese Erzählung in der Art
verstanden, daß Herr Stark diese Erfahrung in
Petersburg selbst gemacht habe. Hat der Herr
Oberhofprediger sie nur durch bloße Tradition, so
ist es um so sonderbarer, daß er ein Mährchen
in heimlichen Kreisen als Wahrheit ausstreute,
und durch das heilige Erstaunen, welches er darüber zu verbreiten suchte, noch mehr Schwärmer bildete.

„hinein, und findet nun auf dem Gesichte seines kran=
„ken Freundes den Ausdruck himmlischer Ruhe; mit
„dieser ruft der Sterbende ihm entgegen: — „Ich
„habe ihn nun gesehen, meinen Erlöser, und er hat
„mir die Versicherung meiner ewigen Seligkeit ge=
„geben.“ Und so entschlummerte der Kranke sanft
„zum bessern Leben.“

Durch diese und andere Geschichten hat der Herr
Oberhofprediger in mancher guten Seele den Hang
zur Geisterseherey unendlich vermehrt; und ich
muß es gestehen, mir selbst flößte er damals dadurch
die größte Verehrung für sich ein, weil ich glaubte:
Er sey des Glückes gewürdiget gewesen, den Glanz
Jesu in der Ferne anzuschauen. Ich unterlasse es,
über die Möglichkeit und das Wahre in dieser Geschich=
te meine Vermuthungen anzugeben; ich will nur
dieß hinzufügen. Nach meiner jetzigen Vorstellungs=
art vom Christenthum, glaube ich, daß dieses uns
nicht in Schwärmerey stürzen, sondern uns schon in
dieser Welt vollkommener und thätiger zum Wohl un=
serer Mitmenschen machen soll, um uns durch wahre
Tugend selbst hier schon, und so immer mehr eine
ganze Ewigkeit hindurch zu beglücken. Aber alles,
was uns zum Aberglauben und zur Andächteley führt,
die himmelweit von gottseliger Andacht entfernt ist,
alles dieses erschlafft die Seele, macht sie zu edler und
der Menschheit nützlicher Thätigkeit untüchtig, und
läuft dem edlen Zwecke des erhabenen Stifters unse=
rer Religion entgegen. Jeder sollte, wenn er in
Gefahr schwärmerischer Andächteley fällt, sich nach
dieser Selbstprüfung untersuchen:

— — — Bei

— — — Begreifft du wohl,
Wie viel andächtig schwärmen leichter als,
Gut handeln ist? wie gern der schlaffste Mensch
Andächtig schwärmt, um nur — ist er zu Zeiten
Sich schon der Absicht deutlich nicht bewußt —
Um nur gut handeln nicht zu dürfen? *) — —

Genug, durch die beiden hier angeführten und
mehrere ähnliche Geschichten des Herrn D. Starks,
die alle auf Magie, Nekromantie und Geistererscheinungen hinausliefen **), setzte derselbe in so
mancher guten Seele den Gedanken recht fest: daß
Ver-

---

*) Lessings Nathan der Weise.

**) In einer von Herrn Starks Geschichten, deren
ich mich nicht mehr ganz genau erinnere, kam ein
Geist vor, der einem Lebenden oft erschien, und
ihn bat, eine Schuld für ihn zu bezahlen, und
auch der Kirche etwas zu entrichten, weil er, so
lange dieß nicht geschehen, alle Nächte gewisse
Stunden voll Quaal umherwandeln müsse. Da
ich alles, was ich sonst hier erzähle, als bewährte
Thatsachen anführen kann; so will ich diese mir
nicht mehr ganz genau bewußte Geschichte nur zweis
seltsam anführen. Herr Stark wird sich derselben
wahrscheinlich noch genauer erinnern und, wenn
er aufrichtig handeln will, angeben können: Ob
diese seltsame Idee von einer eine Zeit lang dauerenden Strafe bis zur Entsöhnung, (welches mit
der Idee des Fegefeuers zusammen zu treffen
scheint), wirklich in dieser Geschichte oder in einer
andern, und unter welcher Einkleidung, von ihm
vorgebracht worden ist?

Verbindungen mit Geistern eine Quelle menschlicher Vollkommenheiten und höchsten Glückes seyen. Denn Herrn Starks Beredsamkeit in dieser Sache war hinreissend, und machte, daß seine Zuhörer ihm um so viel mehr beypflichteten. Dazu kam noch, daß er wegen seiner Gelehrsamkeit berühmt war. Mußte es auf uns Ungelehrte nicht den größten Eindruck machen, und uns in unserm Glauben an Magie und Geisterseherey bestärken, daß ein so gelehrter Theologe uns in größtem Ernst und mit sehr eindringender Ueberredung solche Geschichten erzählte, die auf eben dem Grunde von der Kraft der Geister und von der geheimen Macht der Magie gegründet waren, worauf auch Cagliostro seine magischen Vorspiegelungen gegründet hatte?

Dieß alles stimmt doch wohl nicht ganz mit dem Glaubensbekenntnisse überein, welches Hr. D. Stark in seiner Rechtfertigung S. 325. ablegt, wo er unter andern sagt: „Er glaube, daß die Seelen der „Gerechten in Gottes Hand sind, daß die Seelen „der Verdammten der Teufel nimmer aus seinem Ge-„biete lassen wird, und daß Niemand, er möge „schwarze oder weiße, grüne oder gelbe Magie „dazu gebrauchen, die Gewalt habe, Geister zu kom-„mandiren und vorbeymarschiren zu lassen.“ — Zwar, fast scheinet es mir, es läßt sich, durch einigen Vorbehalt, den Hr. D. Stark im Sinne mag gehabt haben, dieß öffentliche Glaubensbekenntniß mit dem zusammen reimen, was er während seines Aufenthalts bey uns, manchem über das System der Geisterseherey als seine Meinung zu erkennen gab. Denn

B 5   die

die Kraft und Dienstbarkeit der sogenannten mitt-
lern Geister der Schöpfung, die, nach dem geheimen Systeme zum Dienste der Menschen ausgesandt
seyn sollen, schien der Herr Oberhofprediger in ver-
traulichen Gesprächen über diese Materie ziemlich
nach Cagliostroscher Lehrart anzunehmen. So
wird er denn auch vermuthlich nur auf die Kraft dieser Geister gezielt haben, da er einigen die Geschichte
des Prinzen und des Magiers erzählte, und durch
diese Erzählung den Glauben an Geisterseherey befe-
stigte. Auch scheint der Herr Oberhofprediger in seinem oben angeführten Glaubensbekenntnisse, so un-
befangen dasselbe auch aussieht, doch die Worte sehr
genau abgemessen, und sich immer noch den Ausweg
vorbehalten zu haben, über die Seelen der Gerechten
diejenigen etwas genügendes für ihr System ahnden
zu lassen, die den Glauben hegen, schon in dieser
sterblichen Hülle zum Umgange mit seligen Geistern zu gelangen, und den Glanz Jesu schon in
dieser Welt mit körperlichen Augen zu sehen.
Auf diese Art stände dann der Herr Oberhofprediger
in dem, was er mündlich behauptet, und in dem,
was er in seiner Vertheidigungsschrift gesagt hat, für
diejenigen in keinem Widerspruche, die sich in die Lehre
der Geisterseherey hineingedacht haben, obgleich es
dem Publikum anders vorkommen kann. Aber warum denn nun dieß geflissentliche Dunkel? warum der
Dunst und Nebel, worinn Herr Oberhofprediger
Stark sich so oft in seiner Rechtfertigung zu hüllen
sucht? Was soll das unparteyische Publikum, beson-
sonders diejenigen, die seine geheimen Sachen genauer

näuer wissen, von dieser seiner Zurückhaltung denken, die zugleich mit so viel Heftigkeit und Schimpfen begleitet wird? Um wie viel sicherer hätte er
sich von dem Verdacht, der wider ihn herrscht, befreyen
können, wenn er aufrichtig und ganz kurz gesagt
hätte: „So dachte ich bis 1781 über Schröp-
„fer, Cagliostro und über alle Geisterseher und Gei-
„stercitirer; und so denke ich jetzt über diese Sache."
So aufrichtig handelt er aber leider nicht!

Was mich aber vorzüglich in Erstaunen setzt, ist
dieß: daß ich in der Rechtfertigung des Herrn Oberhofpredigers S. 332. sehe, daß er gegen den Mann,
auf dessen Veranlassung er 1773 an Schröpfern
geschrieben habe, in Absicht dieses Gauklers die
tiefste Verachtung bezeugt haben will. Ich
kann dieß nicht anders verstehen, als daß der Herr
Oberhofprediger jetzt vorgeben will: gegen Schröpfer und seine Operationen, von Anfang an, also
schon 1773, da er an ihn schrieb, wirklich die tiefste Verachtung gefühlt zu haben? Und doch war
der Herr Oberhofprediger noch 1780, und also sechs
bis sieben Jahre, nachdem er die berüchtigten,
seitdem gedruckten Briefe an Schröpfern geschrieben hatte, von ganz anderer Gesinnung!
Denn als er mich in diesem Jahre auf meinem
Krankenlager besuchte, schilderte er mir sehr ernstlich
und in andringenden Worten Schröpfern als einen Mann, der übernatürliche Kräfte besessen
habe, und der, wenn er diese gehörig benutzt
hätte, viel Gutes würde haben wirken können.
Ja, der Herr Oberhofprediger ging gar so weit, mir
Schröp-

Schröpfers Nachfolger — Fröhlich — *) der seine geheimen Schriften geerbt haben sollte, als einen Mann zu nennen, der vielleicht größer als Schröpfer werden könnte. Wie reimt sich dieß mit der jetzigen Aeusserung des Herrn Oberhofpredigers zusammen? Unerklärlich, und ich muß es mit Bedauren sagen, sehr zu tadeln, scheint es mir: daß ein gelehrter Theologe, der in seinen öffentlichen Schriften für aufgeklärt gelten wollte, insgeheim mit Vorsatz, eben so wie Cagliostro, Irrthümer aussäen, und die schon erhitzte Imagination meiner irre geführten mistischen Geheimnisse ahnbenden Seele so spannen, und einen Schröpfer, den er 1773 schon will verachtet haben

*) Von diesem Fröhlich habe ich nachher nichts weiter gehört; auch ist mir der Ort entfallen, wo dieser Fröhlich 1780 nach des Herrn D. Starks Angabe gelebt hat. Nachrichten, die ich so eben erhalte, sagen mir, daß in Görlitz noch vor einiger Zeit ein Kaufmann Fröhlich gelebt haben soll, der Schröpfers Nachfolger gewesen ist. Einige behaupten, dieser Fröhlich sey gestorben; andere sagen, er werde bald eine so glänzende Rolle spielen, als Cagliostro einige Zeit gespielt hat. Viele Leute haben noch sehr große Begriffe von dieses Fröhlichs magischen Kunst. Bey der jetzigen Ueberschwemmung von Gauklern theile ich diese Nachrichten nur darum mit, um andere Freunde der Wahrheit auf diesen Mann aufmerksam zu machen, den ich weiter nicht kenne. Vielleicht ist er eben der, den Herr Stark mir 1780 als künftigen Geistergebieter empfahl, vielleicht ist es ein anderer.

haben, mir noch 1780 so anpreisen, ja mich von
ihm zu dessen nur Wenigen bekanntem Nachfolger
Fröhlich hinweisen konnte; und noch unerklärlicher,
wie er nunmehr öffentlich das Gegentheil von seinen ehemaligen mündlichen Erzählungen behaupten kann, und sich dadurch zu rechtfertigen
sucht. O! das kann ich nicht Aufrichtigkeit nennen!
Sollte dem Herrn D. Stark das angeführte Gespräch mit mir entfallen seyn, so wird er sich dessen
vielleicht erinnern, wenn ich ihm sage: daß es gerade
an dem Tage war, da er mir einige Briefe von
Schröpfern (die ich freilich nicht verstand) mit Achtung für Schröpfern vorlas, und da ich ihm darauf, gerührt durch das Vertrauen, dessen er mich
würdigte, das Schattenbild meines Bruders und
das meinige, als Zeichen meiner Hochachtung gab.
Es kann ihm aber dieses sein andringendes Gespräch,
das er damals, an meinem Krankenbette, mit mir über
Schröpfer, über dessen mir von ihm vorgezeigte
Briefe, und über seinen angeblichen Nachfolger
Fröhlich, hielt, unmöglich ganz entfallen seyn;
denn er erinnert sich selbst (in seiner Rechtfertigung
S. 341.) der zwey Umstände, mich in meiner Krankheit besucht, und von mir die Schattenbilder erhalten zu haben. Den unwürdigen Spott: „Fürch-
„tete sie denn damals nicht, von mir behext zu wer-
„den?" lasse ich unberührt. Nach dem magischen
Wahne kann ja die weiße wohlthätige Magie unmöglich gefährliche Wirkungen haben.

Ich habe über das, was ich hier von Herrn
Starks Gespräch über Schröpfer und Fröhlich
anführe,

anführe, keinen weitern Zeugen als Gott; der Herr
Oberhofprediger kann also, wenn er es für zuträglich
findet, dieß freylich läugnen.   Aber ich bezeuge hier
vor Gott, und vor allen rechtschaffenen Leuten, deren
Achtung mir etwas werth ist, daß ich die reine Wahrheit schreibe.   Ich muß es denn, wenn Herr Stark
die Sachen ableugnen sollte, ganz ruhig darauf an-
kommen lassen, daß das Publikum, welches uns beide
kennt, entscheide: welchem von uns Glauben beyzu-
messen sey? Ob man mir zutrauen wird, daß ich
muthwilliger Weise eine solche Geschichte erdich-
ten könnte; oder Herrn Stark, daß er sie läugnen
könnte, weil er sich einmal in eine schlimme
Lage in dieser Sache gesetzt hat? Doch habe ich
Gründe zu vermuthen, daß Herr D. Stark auch noch
einigen seiner Schüler diesen Fröhlich als werdenden
Geistergebieter empfohlen habe; und diese werden, (gesetzt, sie hätten Gründe, warum sie jetzt noch nicht
laut widersprechen wollen, wie ich es von Einigen
wohl weiß, und von andern vermuthen kann,) doch
endlich auf den Gang merken, den der Herr Oberhofprediger in dieser Sache genommen hat, und um
so deutlicher einsehen, was von dessen übernatürlichen
und geheimnißvollen Kräften, nebst den angepriesenen
durch Rauch bewirkten Operationen Schröpfers und
seines Nachfolgers wohl zu halten seyn möge, da der Hr.
Oberhofprediger Schröpfern von Anfang an für
einen Betrüger will gehalten haben, den er doch lange
nachher wirklich mir und andern so dringend empfahl.

    Zugleich muß ich noch erinnern, daß diese
beiden Beispiele aus seiner Rechtfertigung, wo

er behauptet: an keine Magie und Geistererscheinungen zu glauben, und Schröpfern von Anfang an verachtet zu haben, mir, die ich das Gegentheil von beiden aus Herrn Starks eigenem Munde weiß, keine große Meinung von der Glaubwürdigkeit seiner andern eben so dreist vorgetragenen Behauptungen beygebracht haben können. Besonders ist es höchst unwahrscheinlich, das was er (S. 312 bis 315) als die Veranlassung seiner Briefe an Schröpfern angeben will, daß er denselben bloß von Unordnungen in der Leipziger Loge habe abmahnen wollen, sey wirklich die wahre Veranlassung. Es ist wohl zu sehen, daß in dem gedruckten Briefe nicht von Logenangelegenheiten, sondern vom geheimen Innern=Orden die Rede ist. So viel verstehe ich davon, daß ich dieß unterscheiden kann, und Männer, welche es sehr gut verstehen, haben es mir sehr bestätigt. Aber es herrscht ja auch in diesem Briefe gar nicht der Ton, den ein berühmter Theologe und eben so berühmter Freymaurer angenommen haben würde, wenn er einen Kaffeschenken warnen wollte, der in einer Loge solche Dinge vornahm, die Herr Stark selbst tollkühn nennt, einen Kaffeschenken, den er jetzt versichert, schon damals verachtet zu haben. Ich bitte doch unbefangene Leser, diesen Brief im Processe des Herrn Starks S. 13. oder in der Berlinischen Monatsschrift S. 56. mit Aufmerksamkeit nachzulesen. Herr D. Stark bietet sich dem Schröpfer zum lehrbegierigen Schüler an. Er versichert Schröpfern, er kenne Florenz, nicht weit davon sey das Heilig-
thum

thum in Gold, dreyfach gekrönt, und dergleichen
sehr bedenklich scheinende Sachen mehr. Er versichert
in ihm einen Mann zu finden, der Eines Ursprungs mit ihm ist, und zu einem Zwecke gehet. Hier ist nicht die geringste Spur der vorgebli-
chen Warnung, nicht die geringste Spur der Verachtung. Herr Stark giebt zwar vor, er habe
Schröpfern in der Chiffresprache auszuforschen
gesucht. Wozu hätte denn aber ein so berühmter
Freymaurer einen tollkühnen Menschen, den er verachtete, eben ausforschen wollen? Dieß Vorgeben wird dadurch, daß er Schröpfern noch 1780
mit eifrig anpries, völlig widerlegt. Er suchte ganz
etwas anders an Schröpfern. Er redet in diesem
Briefe 1773 eben so ehrerbietig zu diesem Betrüger,
als er gegen mich nachher 1780 von ihm redete,
als zu einem Menschen, der übernatürliche Kräfte
aus eben der Quelle hatte, wie Herr Stark. Es
betrübt mich sehr, daß ich Herrn Oberhofprediger
Stark so gar wenig aufrichtig finde, so daß dasjenige, was er selbst ehemals insgeheim schrieb und
redete, geradezu widerlegt, was er jetzt öffentlich
vorgeben will,

Darinn hat der Herr Oberhofprediger ganz Recht,
daß ich selbst nach Darmstadt mit den Ausdrücken der
innigsten Hochachtung an ihn geschrieben habe. Das
eine mal, da ich an ihn schrieb, ließ ich freilich meine
Feder die treue Dollmetscherinn meiner damaligen
Empfindungen seyn; aber bald nach diesem Briefe
erfuhr ich verschiedenes näher, woraus ich schliessen
konnte, daß der Herr Oberhofprediger die Eigenschaften

ten nicht besitzt, die ich an Personen wünsche, deren
Freundschaft mich beglücken soll; und so zog ich mich von
ihm zurück, und schloß meinen Briefwechsel mit ihm.

Cagliostro beruft sich, eben so wie Hr. Stark,
in seinem Buche au peuple anglois darauf (wie ich
von einem Freunde vernehme, denn ich selbst habe das
Buch nicht gelesen), daß er einen Brief von mir besitze *),
der ein redender Beweis meiner Verehrung für ihn
sey. — Cagliostro kann zwey oder drey Briefe von mir
besitzen, die ich zur Zeit meiner Verzauberung an ihn
schrieb, und die ungefähr eben so sehr Enthusiasmus
für seine mystische Weisheit, und Hofnung, durch selbige
glücklich zu werden, verrathen, als mein nunmehr ge-
druckter Aufsatz vom Jahre 1779 über ihn. S. 147
in meinem entlarvten Cagliostro ist eine Antwort von
Cagliostro auf einen meiner Briefe an ihn zu finden.
Wenn er, oder seine Vertheidiger es für gut finden, so
können sie meine Briefe die er besitzt, immer drucken
lassen. Das Publikum wird aus diesen nichts weiter
sehen, als daß ich französisch schreiben kann, und daß
ich den Cagliostro, so lange er noch in Petersburg war,
für einen Wundermann hielt, und ihn bat, uns seinem
Versprechen gemäß, noch mehr geheime Weisheit zu-
fließen zu lassen. Als ich nachher durch Lesung vernünfti-
ger Bücher **), durch den Rath einsichtsvoller Freunde,
und

---

*) In der Berlinischen Monatschrift, März 1788.
S. 293 ist die Stelle angeführt.   N.

*) Ich ergreife diese Gelegenheit, einem unsrer ver-
ehrungswürdigsten Schriftsteller hier wegen eines
großen Verdienstes um mich öffentlich zu danken.

v. d. Recke Etwas über Stark.   C   Viel-

und durch eigenes Nachdenken bessere Begriffe erhielt, änderten sich meine Gedanken und Erwartungen gar sehr.

Eben so fand ich auch gegründete Ursachen, meine
Meinung von Herrn D. Stark noch mehr zu ändern,
und nicht mehr völlig die vorige Hochachtung gegen
ihn zu hegen, da er z. B. nachdem er hier so manchen
edlen Mann mit hohen Erwartungen in der Frey-
maurerey hingehalten hatte, einige Männer, die,
ungeduldig, ihre Erwartungen nicht erfüllt und auf eine
unerklärliche Art sich hingehalten zu sehen, ihn dazu bringen wollten, sein ihnen gegebenes Versprechen zu erfül-
len, bey solchen, die nicht Maurer waren, auf das bitter-
ste

Vielleicht glaubt mein vortreflicher Freund, Hr.
Kreissteuereinnehmer Weiße in Leipzig nicht,
daß auch er meiner Seele einen Schwung gab,
und sie aus dem Gebiete der Schwärmerey in die
Gränzen der gesunden Vernunft zurück leitete.
Mit einer ihm eigenen Güte, setzte er zu meiner
Belehrung bey seinen häufigen Geschäften einen
freundschaftlichen Briefwechsel einige Jahre hindurch mit mir fort, und schlug mir, noch ehe ich
das Glück seiner persönlichen Bekanntschaft genoß,
mit jeder Messe die besten litterarischen Produkte
zur Lektur vor. Durch diesen lehrreichen Briefwechsel, und die von dem verehrungswürdigen
Freunde mir empfohlnen Bücher, bekam mein
Geist unvermerkt eine andere Richtung. Ich bin
es gewiß — wenn man die Novizen, statt der
elenden Legenden die sie lesen müssen, und die
ihnen allmälig den Kopf verdrehen, aufgeklärte
Schriftsteller lesen liesse, sie würden nicht so leicht
zum

ste anklagte. Ich würde diese Geschichte hier nicht berührt haben, wenn nicht der Herr Oberhofprediger in seiner Rechtfertigung S. 228 seiner letzten Kurländischen Begebenheit in der Art erwähnt hätte, daß er meine Landsleute im Angesichte von ganz Deutschland in das verdächtigste Licht zu setzen sucht. So viel als in dieser Sache, selbst durch den Hrn. D. Stark zu unfreymaurerischen Ohren gekommen ist, so hat er durch diese Geschichte bey den mehresten seiner vormaligen Freunde hieselbst die Achtung verloren, die er ehemals besaß. Ich habe Gründe, warum ich hierüber vorjetzt nicht mehr sagen will.

C 2

Auch

zum blinden Glauben und Gehorsam zu bringen seyn. So auch würden manche gutmüthige Schwärmer von ihren Verirrungen zurückkehren, wenn sie weise Freunde hätten, die ihnen bessere Lektur empföhlen, und die schwärmerischen Bücher die ihnen die Vernunft verderben, aus den Händen nähmen. Dieses Verdienst erwarb sich der edle Weiße um mich. Er bahnte, entfernt von mir, ohne daß er es selbst wußte, meinen hiesigen Freunden den Weg, auf welchen sie mich vom schlüpfrigen Pfade der Schwärmerey zurück leiteten. Weiße also, der sel. Hofrath Schwander, und unser hier allgemein verehrter Greis, Hr. Präpositus Neander (der bekannte vortrefliche Dichter geistlicher Lieder, auch ein Universitätsfreund meines seligen Vaters, und der Stolz meines Vaterlandes), sind die Freunde, denen ich es schon hier, und dereinst am Throne Gottes danke, daß ich den Schlingen der Geheimnißkrämer entging.

Auch habe ich mehrere Ursachen, das Klerikat, welches Herr Stark für ganz unschuldig ausgeben will, ganz und gar nicht für so unschuldig zu halten. Wenn man Gelegenheit gehabt hat, das System der Kleriker (zu dessen eigentlicher Aufklärung, die doch nöthiger gewesen wäre als vieles andere, Hr. Ober-hofprediger Stark in seiner so weitläuftigen Rechtferti-gung so sehr wenig sagt) nur einigermaßen näher kennen zu lernen, wird man dort nicht alsbann an allen Cere-monien den katholischen Ursprung finden? Das Räuchern in der Versammlung, gewisse kirchliche Andachtsübungen in selbiger, die der Vorgesetz te im priesterlichen Talar ausübt, das priesterliche Ein-segnen der Tempelritter; sollte alles dieß nicht un-befangne protestantische Leute aufmerksam auf den Weg machen, auf welchen man sie durch solche vor-gespiegelte klerikalische Geheimnisse und Ceremonien allmählig leiten will? Vielleicht scheinen diese Gebräu-che einigen nur Kleinigkeiten zu seyn. Aber diese Kleinigkeiten sind wohl nichts als Vorbereitungen zu größern Absichten, um ein tief durchbachtes und weits aussehendes System nach und nach durchzusetzen. Man muß nur nicht vergessen, daß die Kleriker ver-sicherten, die innersten Geheimnisse des Ordens wären bey ihnen verwahrt. Diese Idee von der geistlichen Maçonnerie war ganz allgemein verbrei-tet. Hr. Stark übergehet in seiner Vertheidigungs-schrift diese Geheimnisse des Klerikats ganz und gar, thut immer nur, als ob etwa acht Leute sich, so wie von ungefähr den unbedeutenden Namen Kleriker gege-ben hätten. Er schweigt darüber, daß dieser Namen so

wichtig

wichtig gemacht ward. Wenn man auf die Aufnah=
me in den innern Graden der Kleriker aufmerk=
sam ist, so sieht man bald (wie ich von rechtschaffenen
Männern weiß, welche diese Versammlungen und
ihre Gebräuche genau kennen, die ehemals davon ein=
genommen waren, und jetzt sie besser haben kennen
lernen), wohin das Ganze zielen soll, und man wird
Priesterweihe und Ordensweihe in ziemlicher
Verbindung mit einander finden *). Katholische
Religionsceremonien und Gebräuche, sollten die wohl

C 3　　　　　　　　　zum

*) Hr. Stark fragt in seinem Buche über Krypto=
katholicismus im 2ten Bande und 2ten Abschnitte
S. 213: „Muß denn mit dem Worte Einwei=
„hen nothwendig die Idee von einer katholischen
„Priesterweihe verknüpft werden?“ Nothwen=
dig freylich nicht. Aber der sogenannte Tempel=
herrenorden hatte seinen Heermeister erst im katho=
lischen Frankreich, und nachher im katholischen
Wien, ehe dieß Amt an Hrn. von Hund kam,
der selbst katholisch ward. Die Tempelritter
wurden nach der katholischen Regel des Heil.
Bernhard aufgenommen. Sie schworen, wie
es Hr. Stark selbst anführt, und wie es mir ein
Freund übersetzt hat, bey ihrer Aufnahme einen
Eid: der Heil. Jungfrau Maria, dem Heil.
Vater Bernhard und allen Heiligen, diese Re=
gel zu beobachten, so wie sie Papst Honorius II.
bestätigt habe. Diese ganze Ordensaufnahme sieht
katholisch aus. Die Kleriker wollten zu eben
diesem Orden gehören; gaben vor, die eigentlichen
innersten Geheimnisse dieses Ordens zu besitzen,
und wollten die Tempelritter zu denselben führen.

(Daher

zum Wesentlichen der Maurerey gehören, das
heißt, zum Wesentlichen einer Gesellschaft, die sich
zu wohlthätigen Zwecken versammlet? Oder müßte
man nicht vielmehr alles daraus entfernen, was nur
einigermaßen den Anschein hat, die Eingeweiheten zu irgend einer Religionspartey zu ziehen? Ueberdem ist
der Hr. Oberhofprediger bekanntermaßen nicht etwa ein
bloß leidendes Mitglied des Klerikats gewesen; sondern

(Daher kam eben die große Ehrfurcht, die man anfangs bey uns für Hrn. Stark hatte, da er zur
geistlichen Maurerey oder zum Klerikate gehörte.)
Keiner von ihnen , auch nicht Hr. Stark, der
doch ein protestantischer Theologe war, hat jemals (wie ich auf Nachfrage von einem glaubwürdigen Mann gehört habe) im Kapittel es für
anstößig erklärt, daß protestantische Tempelritter
einen ganz katholischen Eid schwuren. Die Rit-
ter selbst dachten damals nicht an das An-
stößige dieser Handlung. Sie waren vielmehr
schon ganz mit der Idee familiarisirt worden,
daß man durch genauere Bekanntschaft mit den
Katholiken, besonders in Frankreich, wo die
rechten geheimen Schriften verwahrt wären, zu
den innersten Geheimnissen geführt würde.
Wenn Klerifer bey einer Aufnahme zugegen waren, so ward in ihrer Gegenwart der katholische
Eid auch von allen Protestanten abgeschworen,
und es gab sodann ein Klerifer dem Aufzunehmen-
den die priesterliche Einsegnung in seinem priesterlichen Ornate. Ist bey allen diesen zusammenge-
nommenen Umständen zu verwundern, daß, sobald man ein wenig anfing nachzudenken, die

Mei-

dern er hat selbst Logen eingerichtet: da ein unbekannter Oberer, genannt Pylades, ihn authori-
sirt hat, nach eigenem Gefallen aufzunehmen, wen
er wolle. Ob Herr Stark keine Loge eingerichtet
hat, worin ein Unbefangener gleich beym Eintritte ungefähr sehen kann, wohin seine Absichten gegangen
sind, dies mögen diejenigen prüfen, welche die Einrichtung der Starkschen Logen von gewisser Art kennen. Ich habe mit einem gutmüthigen Manne, der

C 4

zu

Meinung ziemlich allgemein ward: das Klerikat
sey ein katholisches Priesterthum, und um an
der geistlichen Maçonnerie Theil zu nehmen, müsse
man auf gewisse Weise, katholisch werden? Wenn
diese Meinung irrig seyn sollte, so muß man doch gestehen, daß alle äusserliche Umstände zusammen kommen, um sie zu bestärken. Ich muß noch erinnern,
daß Hr. Stark in seiner weitläuftigen Rechtfertigung nicht ein Wort über die so wichtigen Fragen gesagt hat: Woher denn das Klerikat komme? (denn
die acht Personen in Wismar hatten es doch nicht
erfunden). Wenn das Klerikat von Protestanten herrühren soll, wie denn diese zu den ganz
katholischen Ideen und Ceremonien kamen?
Wie es an Protestanten, zumal an protestantischen Theologen, zu entschuldigen sey, daß sie
ganz katholische Ceremonien bey den Protestanten einführten, und Eide zu den Heiligen dul-
deten? Wenn die Ordensweihe nicht Priesterweihe ist, was sie denn sonst ist? Endlich: Ob
denn die besondern Geheimnisse, deren sich die
Kleriker rühmten, wirklich oder erdichtet gewesen? Wenn sie erdichtet worden, wann und
wo man den Betrug entdeckt habe?

zu einer solchen Loge gehört, gesprochen, und diesem, weil er sich zur protestantischen Kirche äusserlich
bekennet, mein Bedenken frey gesagt.   Aber der
gute Mann war schon so verblendet, daß er mir antwortete: „Was ich denn an der katholischen Re-
„ligion auszusetzen hätte; im Grunde wäre sie
„doch im ältern Besitze der Geheimnisse,
„als die protestantische.“   Gütiger Gott! Wohin führen diese Grundsätze? und zu diesen werden
Protestanten bey den Klerikern in sogenannten Logen durch katholische Ceremonien vorbereitet!

Ich muß noch ein Wort von der eben gedachten
Vollmacht sagen, weil sie selbst sehr auffallend ist,
und weil ich mit Betrübniß sehe, daß Hr. D. H. P.
Stark auch bey Anführung derselben abermals so wenig aufrichtig zu Werke gehet, als bey dem was er
von Schröpfern sagt.   Diese Vollmacht ist im Anti
St. Nicaise IIn Th. S. 58. abgedruckt, und lautet folgendermaßen:

„Je donne au frere Jean Auguste Stark, Fils et *Frere des*
„*Peres* et de la Famille *des Sçavans de l'Ordre des Sages* par tou-
„tes les Generations de l'Univers; *le plein pouvoir de recevoir*
„*et d'adopter tous ceux qu'il trouvera d'en être digne et capable,*
„selon l'Age, l'Ordre et sa propre Conscience.“

„Fait et signé de nous en termes propres,

„Pylades —

„de la troisieme Generation.   P.

(L. S.)   l'Ere commune,
1766.

Herr Stark giebt in seiner Rechtfertigung S. 218
vor: diese Vollmacht sey nichts als ein ihm gegebenes maurerisches Certifikat.   Ich kann es nicht
billigen, daß er sich mit einer solchen Ausflucht her-
auszu

auszuhelfen gedenkt. Ich habe auch solche Certifikate gesehen, aus der Loge d'Adoption und andern, auch
französische. Sie enthalten nichts als das Zeugniß,
daß der Vorzeiger in dem und dem Grade aufgenommen sey, und die Bitte, ihn dafür zu erkennen, und
ihm allen brüderlichen guten Willen zu beweisen. Ein
solches Certifikat giebt zu nichts Vollmacht; hier
ist aber ja eine sehr ausgedehnte Vollmacht. In
einem Certifikate ist der Ort und die Loge genannt,
und es ist namentlich von dem Meister vom Stuhl,
und Sekretär unterschrieben. Hier ist alles im Dunkeln, keine Loge und Orient genannt. Was der
Name Pylades *) bedeutet, weiß niemand, (er
muß aber ein hoher unbekannter Oberer seyn, da
er sich herausnimmt, eine so unumschränkte Vollmacht zu geben): Wer die *Peres* sind, von denen Hr.
Stark Frere, und was der Ordre des Sages ist,
zu dessen Famille des Savans Hr. Stark gehört,
weiß man auch nicht. Nichts als das Jahr 1766
ist bestimmt; dieß nicht einmal nach der bekannten
Freymaurerischen Zeitrechnung, die allemal in
Certificaten gebraucht wird. Wie kann denn Herr
Stark sagen wollen, dieß wäre ein ihm gegebenes
maurerisches Certifikat, da es doch offenbar ganz
etwas anders ist, welches Hr. Stark nothwendig erklären müßte, wenn er sich wegen des dadurch erregten

E 5　　　　　Ver-

*) Da Pylades von der dritten Generation war,
so gehörte er sehr wahrscheinlich zu den Fünfund
Dreißig, zu welchen Cagliostro, bey seinem
Aufenthalt in Mitau, gehörte. S. meine Nachricht von Cagliostro S. 120.

Verdachts legitimiren wollte. Er weicht hingegen der
Erklärung durch eine Wendung aus, die ich ungern
eine Unwahrheit nenne.

Als ich meiner zerrütteten Gesundheit wegen die
Reise nach Deutschland machte, hörte und las ich ei-
niges von verschiedenen Begebenheiten, welches mich
in trauriges Erstaunen setzte, und welches mit dem, was
ich theils vom Hrn. D. Stark aus eigener Erfahrung
wußte, und theils in meinem Vaterlande gehört
hatte, in mir freilich die Idee noch mehr bestätigte:
Daß die Sage von sich in der Stille verbreitendem
Katholicismus (welche Hr. Oberhofprediger Stark,
zu meiner Verwunderung, in seinem Buche über
Kryptokatholicismus, als ob dieß zu seiner Vertheidigung nothwendig wäre, für ein Gespenst erklären will) wahrlich nicht ganz Gespenst sey. Ich
hatte schon vorher einige Gründe, dieß zu vermuthen; aber ich habe noch mehrere und ganz überzeu-
gende Gründe gefunden, zu glauben, daß die heim-
liche Proselytenmacherey und die geheimen Machinationen der Propaganda, zum Nachtheil
der protestantischen Religion sehr weit gehen, und
daß Hr. Stark und andere sehr Unrecht haben, die
Warnungen dawider, als vorgeblich, oder gar als
bloße Einbildungen auszuschreyen. Es ist zu bekla-
gen, daß, wegen mancher Betrachtungen, einige sehr
einleuchtende Beweise hiervon nicht öffentlich können
vorgebracht werden. Ich aber kann wenigstens zwey
Beweise davon hier anführen.

Aus der zuverläßigsten Quelle weiß ich es, daß
selbst der schon einmal angeführte Kardinal Borgia

es

es angesehenen Reisenden, deren Glaubwürdigkeit
Hr. Stark in Zweifel zu ziehen sich nicht unterfangen
wird, gesagt hat: Jetzt sey der vorzügliche Sitz
und Wirkungskreis der Jesuiten in Norden,
und ausdrücklich hinzugesetzt hat: daß sogar einige
Jesuiten protestantische Predigerstellen beklei=
den *). Dieß letztere haben viele gutmeinende und
auch wohl einige nicht gutmeinende Leute für Einbil=
dung, für Unmöglichkeit u. s. w. ausgeben wollen.
Aber ein solches Zeugniß von dem Geheimschreiber
der großen römischen Anstalt zur Verbreitung
der katholischen Religion selbst, setzt dieß wohl
außer Zweifel. Es verdiente solch unwürdiges Ein=
schleichen der Jesuiten und Katholiken in prote=
stantische Kirchen doch wohl Aufmerksamkeit, und
nun hoffe ich, wird man aufmerksam werden. Auch hat
ein

*) Eben lese ich auch in des sel. Blörnstahls Reisen
(Vr Bd. S. 115) folgendes: „Der Herr Baron
„von Sinclaire, kommandirender Oberster des
„Regiments Royal Suedois in Straßburg erzähl=
„te uns, ein gewisser Bischof in Schweden sey
„Jesuit gewesen, und habe nachher zu Hamburg
„seine Religion geändert. Diese Neuigkeit hätte
„er vom Herrn Pollet, Oberstlieutenant beym
„Zweybrückischen Regimente, seinem vertrauten
„Freunde, der den Jesuitenstand dieses Präla=
„ten genau gekannt hatte, erfahren.‟ Also in
Schweden wäre ein Jesuit, nachdem er (vermuth=
lich nur äußerlich) sich zur protestantischen Religion
bekennet, sogar Bischof geworden. Verdient
diese in einem gedruckten Buche enthaltene Nach=
richt nicht Aufmerksamkeit?

ein Kurländischer Kavalier bey eben demselben Kardinal Borgia, damaligem Sekretär der Propaganda,
Nachrichten über Kurland und unsern kirchlichen und politischen Zustand gefunden, die ihn in
Erstaunen setzten, und die Vermuthung bestätigen,
daß der römische Hof und die Propaganda auch hier
sehr gute Korrespondenten haben müssen, und ihren Einfluß in Norden allgemeiner zu verbreiten suchen.   Dieß hätten sich vermuthlich meine Landesleute
so wenig als die Bewohner Deutschlands, vermu-
thet.   Doch ist es wahr!

Wenn, aufmerksam auf die Schritte der sich immer verbreiten wollenden katholischen Religion, wohl-
denkende und patriotische Männer es für unschicklich
hielten: daß in protestantischen Ländern katholischen Gemeinen die Erlaubniß gegeben wird, in protestantischen Kirchen ihren Gottesdienst zu halten; so will Hr.
Oberhofprediger Stark behaupten: dieses sey unrecht,
und will beweisen, daß die Protestanten eben so intolerant
als die Katholiken wären, vor denen sie warnen. Kann
ein Prediger, der sich öffentlich zur protestantischen
Kirche bekennet, den Protestanten eine so seltsam und
so unnöthig ausgedehnte Toleranz anrathen, da wir
doch in allen öffentlichen Zeitungen lesen, daß die Katholiken in Ländern, wo ihre Religion herrscht, den
Protestanten zu ihren gottesdienstlichen Uebungen gar
keine Rechte zugestehen? Selbst das aufgeklärte
Frankreich zeigt jetzt in seinem Verhalten gegen die
Protestanten, daß es noch eben so vom Geiste der
Hierarchie beseelt ist, als vormals, und daß es
im Ganzen an Aufklärung in der Religion nicht ge-
wonnen

wonnen hat. Hat nicht in Baiern ein Dominika-
ner zu Landshut die Inquisition wieder einzuführen
gerathen? Hat man nicht die vortrefliche Schrift
von Garve: Cicero von den Pflichten, als ein ge-
fährliches Buch verboten? Ist nicht zu Parma
durch ein empörendes Dekret die Inquisition in ihrer ganzen Scheußlichkeit wieder hergestellt worden?
Gab nicht der Erzbischof von Paris vor: „Er würde
„sich selbst widersprechen, und würde, wenigstens
„auf einen Augenblick, an der Wahrheit der ka-
„tholischen Religion zweifeln müssen, wenn er
„etwas beytrüge, daß die Protestanten in Frankreich
„einen Civiletat erhielten?“ Sagte er nicht deutlich: „Seine Pflicht sey keine andere, als dahin zu
„trachten, daß wir nur eine einzige Art hätten,
„Gott zu ehren?“ *) — Was soll man also von
der Toleranz der römischen Kirche, die der Hr. Oberhofprediger vertheidigt, denken, wenn sie in katholischen Ländern aufs neue Inquisitionen einzuführen
sucht; es hindert, daß die Mitglieder ihres Staats
durch eine so vortrefliche Schrift, als Cicero von den
Pflichten, ihre Pflichten kennen lernen, um nur das
für Pflicht zu halten, was die Kirche vom blinden
Glauben lehret? Was soll man von der Toleranz der
römischen Kirche halten, die nur in Ländern, wo die
protestantische Religion herrscht, tolerant seyn will;
in Frankreich und andern katholischen Ländern aber die
Denk-

---

*) S. die höchstmerkwürdige Lettre de Mr. l'Arché-
vêque de Paris à Mr. le Prof. Roques de Mau-
mont, im Journal von und für Deutschland,
1787. 10s St. S. 293.

Denkfreiheit und die protestantischen Religionsübungen
einzuschränken sucht? Wir Protestanten sollten also,
nach Hrn. Starks Meinung, nur allein so tolerant
seyn, unsere Kirchen den Katholiken zu ihrem Got-
tesdienste an denen Orten einzuräumen, wo sie noch
keine eigene Kirchen haben? Ich muß es gestehen, jedem unbefangenen Leser nimmt es Wun-
der, daß ein Mann von Hrn. Starks Scharffinn,
in seiner Lage so etwas zu behaupten waget. Es
gehört nur wenig Sach- und Menschenkenntniß dazu,
um davon überzeugt zu seyn, daß, wenn wir Protestanten es zugestehen, daß in protestantischen Ländern in unsern Kirchen katholischer Gottesdienst bis-
weilen gehalten werde, die römische Kirche durch diese
unsere Toleranz viele Proselyten machen muß; denn
der äußere Prunk und alle Ceremonien der römischen
Kirche haben ungleich mehr anziehendes für das Volk,
als unsere einfache Gottesverehrung, die nur den
Geist und das Herz, nicht aber die Sinne beschäftiget.
Und so ist es wahrscheinlich, daß der sinnliche Mensch,
dessen Seele nicht über religiöse Wahrheiten anhaltend
nachzudenken vermag, an der Religion mehr Vergnügen findet, die durch äußere Gebräuche ihm so
manches unterhaltende Schauspiel giebt.

Ich kehre zu Herrn Starks andern Schriften
zurück. Gerade zur Zeit meiner Reise nach Deutschland erschien der St. Nikaise. Ich hörte sehr viel
und so verschieden von diesem Buche sprechen, welches sichtlich geschrieben ist, um bey denen Leuten,
deren Gemüth mit Sucht nach Geheimnissen erfüllet
ist,

ist, neue dunkle Ideen von in der Ferne zu suchen-
den Geheimnissen zu erwecken, und fand, daß die
Leser, welche Hang zur Schwärmerey haben, in
diesem Buche von so manchen alten Schwärmereyen
nur scheinbar geheilt, aber durch sehr schlau hinge-
worfene Winke zu neuen Schwärmereyen hinge-
führt werden. Der Verfasser, nachdem er das
Schlüpfrige und Ungenugthuende aller vorher bekannten maurerischen Systeme gezeigt, giebt am Ende
den Wink: daß er in den verschlossenen Büchern
seines Oheims, eines katholischen Geistlichen,
das einzige wahre und heilige Geheimniß der
Maurerey gefunden habe, und sey dadurch so über-
schwenglich glücklich geworden, daß er nun im Klo-
ster sein Heil suchen wolle. Den Hrn. Oberhofprediger Stark erklärte man zugleich fast allenthalben
für den Verfasser dieses Buchs. Zwar hat er in seiner Rechtfertigung von Seite 253 bis 302 diese
Schrift weitläuftig vertheidiget; aber, welches seltsam genug ist, sich an keiner Stelle erklärt: ob er
Verfasser dieses Buchs sey oder nicht, welches
doch eigentlich die Frage wäre. Kostete es ihm denn
so viel, Ja oder Nein zu sagen? Er hätte sich um
so viel mehr recht deutlich erklären müssen; weil (wie
ich schon S. 7 angezeigt habe) viele Leute der Meinung waren, und noch sind, Hr. Stark selbst habe sich
ehemals der katholischen Religion genähert, um nur
bey derselben Bekennern die vermeinten ächten
Geheimnisse zu finden, und habe also gerade so
gehandelt, wie im St. Nikaise empfolen wird.

Ich

Ich las noch in Deutschland den St. Nikaise, und
weil ich den Hrn. D. Stark für den Verfasser dieses —
meiner Meinung nach — sehr thörichte Geheimnißsucht
verbreitenden Buches hielt; so gab selbst dieses Buch,
nachdem ich es hier zum zweitenmale gelesen hatte, mir
eine neue Veranlassung zu der Anmerkung in meiner
Schrift über Cagliostro, die Hr. Stark so übel aufgenommen hat.   Die Geschichte des St. Nikaise und
des Grafen Malatesta mit dem Abbate scheint offenbar den Glauben an Nekromantie zu verbreiten.
Denn das, was von dem Feuer, dem Dampf und
von der Ohnmacht des Grafen beym Lesen des magischen Buchs und der sogenannten Zauberformeln und
Figuren S. 211 und 212 gesagt wird, ist ganz in
Dunkel gehüllt, und stimmt sehr mit manchen Geschichten zusammen, die allenthalben in heimlichen Kreisen
unter dem Siegel der Verschwiegenheit noch immer umher getragen werden, um Aberglauben zu befördern?
Auch hat der Herr Oberhofprediger in seiner so son-
derbaren Vertheidigung des St. Nikaise diese
Geschichte, so wie auch die Nachricht von den
geheimnißvollen Büchern des katholischen
Oheims, welche beide sehr anstößig sind, ganz
übergangen, und sich nur Seite 299 und 300 in
dieser Schrift durch ein unbestimmtes Glaubensbekenntniß über Teufeleyen, oder sogenannte schwarze Magie
zu decken gesucht, dagegen aber den Verfasser des St.
Nikaise über die mystischen Stellen dadurch entschul-
diget, daß, wenn man noch nicht zu den Saddu-
cäern heutiger Tage gehört, man an des Teufels
Macht glauben könne.   Wenn man diese Geschichte
des

des Grafen Malatesta im St. Nikaise von S. 201
bis zu Ende lieset, so sieht man deutlich, daß sie den
Glauben an Geheimnisse in solchen Seelen befestigen
muß, die Hang zur Schwärmerey haben. Wohin können diese gutmüthigen Seelen also ihre Zu-
flucht nehmen, als zu dem Manne, der das wahre
beseligende Geheimniß in den verschlossenen Büchern seines Oheims, des katholischen Prie-
sters, gefunden hat. Man lese im St. Nikaise
die Geschichte von S. 241 bis zu Ende, und
man urtheile: ob der, welcher redlich vor Schwärmerey warnen wollte, wo die Gemüther schon erhitzt sind,
noch solche feuerfangende Materie auswerfen würde?

Ist der Hr. Oberhofprediger nicht der Verfasser
des St. Nikaise, so bedaure ich es, daß er sich nicht
ganz bestimmt dagegen verwahrt, und so das Publikum in seinem Urtheile über ihn irre geführt hat.
Doch vielleicht wird bald auch ein namenloser Verfasser uns den Aufschluß des St. Nikaise geben, und
gleich jenem Verfasser des Aufschlusses der enthüllten
Weltbürgerrepublik uns einbilden wollen, daß er durch
alle die verborgene Mystik die im St. Nikaise herrscht,
dem ganzen deutschen Publikum eine Nase habe andre-
hen wollen. Ei freylich! Dann — dann werden sich
wohl alle schämen müssen, die den Hrn. Oberhofprediger für den Verfasser des St. Nikaise hielten, und
der so sehr natürlichen Vermuthung Raum gaben, daß
dies Buch Geheimnißsucht verbreiten sollte *).

Doch

*) Glaube, wer da kann, daß die Absicht des
    Verfassers des enthüllten Weltbürgersystems

v. d. Recke Etwas über Stark.   D   war,

Doch ich gehe weiter. Herr Oberhofprediger Stark will in seiner Rechtfertigung S. 341. aus dem, was ich über Cagliostro's Warnung vor ihm gesagt habe, beweisen, daß entweder Cagliostro oder er, kein Jesuit seyn müsse. Hierüber ist verschiedenes zu sagen.

Ich will noch gern hoffen, daß das so zweydeutige Betragen, wodurch der Herr Oberhofprediger wider sich Verdacht erregt hat, weder Beförderung des Katholicismus, noch Jesuitismus ist. Aber dadurch, daß der Herr Oberhofprediger aus seinem Taufscheine beweiset, er sey zu jung gewesen, um Jesuit der vierten Klasse zu seyn, hat er eigentlich wohl nichts für sich erwiesen. Man muß wenig den Geist geheimer Gesellschaften und ihrer Gesetze kennen, wenn man sich es nicht selbst sagen kann, daß solche Gesetze nur für die zudringlichen und talentlosen Mitglieder gegeben sind; daß aber die Obern die Macht haben, in jeden Fällen, wenn das Beste des Ordens es mit sich bringt, diese Vorsicht zu überschreiten. Ich kenne einen sehr geistvollen katholischen Priester, der mir selbst gesagt hat, man habe

war, das Publikum nur zu persifliren, so wie es im Aufschlusse dieses Buchs erst nach einem vollen Jahre, vorgegeben wird! Auch weiß ich nicht, ob es moralisch ist, mit Fleiß Irrthümer auszusäen, und ein Jahr hindurch Wurzel fassen zu lassen? Und ist der Verfasser des enthüllten Weltbürgersystems gewiß, daß alle Leser, die seinen Gift eingesogen haben, auch das seyn sollende Gegengift des Aufschlusses lesen werden?

habe bey ihm, zur Verwunderung der ganzen Geistlichkeit, die Ausnahme gemacht, ihn schon in seinem
zwey und zwanzigsten Jahre, in Zeit von zweyen
Monaten, aus einem Weltmanne zum Priester zu
weihen, der Messe lesen und alle hohe Verrichtungen
der Kirche ausüben könne. Und die Jesuiten —
die sollten die einzigen seyn, welche ein zu ihren Absichten taugliches Subjekt, nach unverbrüchlichen Or-
densregeln, durchaus eine festgesetzte Reihe von Jahren prüfen müßten, ohne dies schnell alle Stufen hin-
aufführen zu dürfen? Solch ein unpolitisches Gesetz
läßt sich vom intrigantesten Orden nicht denken; denn
schlaue Menschenkenner und Ausspäher werden gewiß
die Fähigkeiten eines Ordensgliedes in kürzerer Zeit
genugsam ergründen, vorzüglich, wenn sie dem Sub-
jekte Fähigkeiten zu den Ordensabsichten angeboren
finden. Andere, die nicht das natürliche Genie zu
solch einer hierarchischen Verbindung haben, müssen
freilich zu diesen Ordensabsichten lange erzogen werden, und gelangen erst spät dahin, wohin andere
früher kommen.

Auch muß ich bekennen, der von Hrn. Stark angeführte Umstand: „daß die Kleriker eine Akte aus-
„stellen ließen: Es sollten keine Jesuiten oder ka-
„tholische Geistliche ins Klerikat kommen,“
scheint mir nicht viel zu beweisen. Wenn man einmal
aus andern wichtigen Gründen annehmen muß, daß
dies sogenannte Klerikat, dessen Aeußeres ganz
katholisch aussieht, von Katholiken herkam,
die auf Protestanten wirken wollten. (und Hr. Stark
hat nicht für gut gefunden, so wenig von dessen ei-

D 2   gentli-

gentlichem Ursprunge und Obern als von dessen wahrer Beschaffenheit, und von den sogenannten Geheimnissen, die in der geistlichen Maçonnerie oder im Klerikate enthalten seyn sollen, nur ein Wort zu sagen;) so ist es natürlich, daß sie durch eine solche scheinbare Akte, nur bloß dem Verdachte, den die Protestanten bekommen könnten, zuvorkommen wollten. Ueberdem ists natürlich, wenn das Klerikat katholischen Ursprungs war, daß die katholischen unbekannten Obern sich ohnehin nicht trauen durften, Priester und Jesuiten, die katholisch geboren waren, als Werkzeuge zu brauchen, sondern sie brauchten Protestanten, die unvermerkt durch die absichtlich ausgebreitete geheime Meinung zu ihnen hinübergezogen wurden: die ächten Geheimnisse der geistlichen Maçonnerie wären in Frankreich, in den Klöstern, in der Sorbonne und dergl. befindlich. Also konnte diese Akte sehr wohl nichts als Politik seyn, und hinderte ihre Operationen gar nicht. Ich führe dies nur als ein Beyspiel der Unzulänglichkeit der Beweisgründe des Herrn Oberhofpredigers an; denn sonst ist, so viel ich mich erinnere, nicht namentlich von ihm behauptet worden, daß Er geradeein Jesuit der vierten Klasse sey. Man könnte sich in dieser Beschuldigung auch völlig irren, und es könnte seyn, daß er nur aus Begierde, in Paris die ächten Geheimnisse zu finden, sich der katholischen Religion genähert hätte. Diesen Verdacht hat er wenigstens durch Anführung seines Alters und der eben gedachten Akte gar nicht widerlegt. Denselben könnte er bloß heben durch genaue Auseinandersetzung aller so zweydeutig scheinen-

scheinenden Umstände; durch aufrichtiges Bekenntniß
der Geheimnißsucht die er durch das Ansehen des Kle=
rikats und seine im Verborgenen geführte geheimnißrei=
che Sprache, in so vielen leichtgläubigen und gutmü=
thigen Leuten entzündete; und durch genügende Er=
klärung der so dunkel und sonderbar scheinenden Aus=
brücke und Anspielungen. Aber davon ist in sei=
ner weitläuftigen Vertheidigungsschrift fast nichts zu
finden.

Auch bloß dadurch, daß Hr. D. Stark vor Ca=
gliostro, und dieser vor ihm warnte, ist es noch gar
nicht ausgemacht, daß bennoch nicht beide zu gleichen
Zwecken arbeiten konnten. Beide suchten doch
einerley: nehmlich Aberglauben, und zwar noch
dazu eben die Art des Aberglaubens, nehmlich
Magie und Geisterseherey, obgleich auf verschie=
denen Wegen, zu verbreiten. Wenn nur Aberglau=
ben verbreitet, und gesunde Vernunft unterdrückt
wird; so ist es den Unbekannten Vätern Jesuiten
wohl einerley, auf welche Art es geschiehet. Je mehr
Systeme sind, die zur Geheimnißsucht und Geister=
seherey zurückführen, desto mehr werden die Parteyen
gegen einander erhitzt, behaupten eifriger jeder seine
eigene Thorheit, und werden immer weiter von der
Wahrheit entfernt. Hat man lange genug in einem
System umhergeirret, dann geht man zum andern
über, findet auch dort die gehofte Glückseligkeit nicht,
und irret, nachdem man unzählige Irrthümer ausge=
säet hat, immer guter Hofnungen voll, umher, und
immer weiter. Es können daher verschiedene geheime
Systeme sehr wohl gegeneinander arbeiten. Sie ver=

D 3   fehlen

fehlen doch nicht den Zweck der unbekannten Obern, wenn sie nur, auf welche Art es wolle, dunkle ange-spannte Erwartungen erregen, und dadurch die Ver-nunft immer mehr außer Stand setzen, zu wirken. Es werden die Eingeweihten allenthalben vor Ver-nunft gewarnt uund auf blinden Gehorsam gegen die unbekannten Obern hingeleitet; Hierin stimmen alle mir bekannte, auch sonst noch so verschiedene, Systeme der höhern Geheimnisse überein. — Diese sich immer weiter verbreitenden Denkart, bahnt den Weg auch in Sachen der Religion, alles auf blinden Glau-ben anzunehmen. Wenn denn protestantische Pre-diger, als Verbundene der römischen Hierarchie, insgeheim der katholischen Lehre uns wieder geneigt zu machen suchen, und im Umgange, in Büchern, ja wohl gar auf protestantischen Kanzeln mit schlauer Be-hutsamkeit katholische Lehren gelinde und ganz unschäd-lich vorstellen; dann weiß ich nicht, ob es nur ein bloßer Traum ist, wenn man fürchtet, es möchte Europa allmählig wieder in den Schlamm des Aber-glaubens zurücksinken, aus welchem die ersten Refor-matoren uns zu befreyen angefangen haben. Die Wirkung ist langsam aber sicher, und ich habe sie seit einigen Jahren bey gutmüthigen und sonst recht klu-gen Leuten schon jezt bemerkt.

Hätten uns nicht würdige und wohlmeinende Männer über so manchen verborgenen Unfug, der Aberglauben und Schwärmerey befördert, die Augen geöfnet; so wären wohl noch mehr neue Schröpfer aufgestanden, die noch größeres Aufsehen als alle bisherige Geistergebieter gemacht, noch mehr gute
Seelen

Seelen verwirrt, und durch so manche Gespenster-
und Zaubermährchen, die auch der Herr Oberhofprediger durch seine hinreißende Beredsamkeit bey uns
in Mitau so wichtig zu machen wußte, in Schwärmerey gewiegt hätten. So verdächtig der Herr Oberhofprediger die redlichen Absichten Nicolai's, Bie-
sters und Gedike's zu machen, und diese edlen Männer dadurch herabzuwürdigen sucht, daß er sie für
Naturalisten und Socinianer erklärt: so glaube ich
dennoch nicht, daß es dem Herrn Oberhofprediger
glücken wird, den Werth dieser in Berlin und in einem ziemlichen Theile Deutschlands geehrten Männer,
bey denen zu schmälern, welche die Wahrheitsliebe
dieser verdienstvollen Gelehrten zu schätzen wissen.
Weit entfernt also, mich dessen, wie der Herr Oberhofprediger es erwartet, zu schämen, daß er mich in
die Reihe dieser von ihm sogenannten Zionswächter
stellt, über die er eine ungeheure Menge Schimpfworte ausgegossen hat; so finde ich mich durch die
Nebeneinandersetzung mit Männern, die meine voll-
kommne Hochachtung besitzen, sehr geehrt. Denn
ich bin es fest überzeugt, daß nicht der Mund anderer
allein, sondern unsre Handlungen und deren
Absichten den Werth oder Unwerth unserer Moralität eigentlich bestimmen, und daß man oft aus den
Urtheilen, die gefällt werden, mehr den Beurthei=
ler als den Beurtheilten kennen lernt; und so bin
ich ruhig über alles, was der Herr Oberhofprediger
auf Herrn Nicolai, Biester und Gedike, als
Zeugen der Wahrheit an Schmähungen ausschüttet,
und gewissermaßen auch auf mich zu werfen sucht

D 4　　　　Wenn

Wenn mein Urtheil etwas gelten kann, so halte ich mich bey dieser Gelegenheit für verpflichtet, über diese Männer, von denen ich die beiden ersten persönlich kenne, folgendes zu sagen: Sie sind nicht allein nach meiner wahrsten Ueberzeugung und ruhigen Beurtheilung, achtungswürdige und rechtschaffene Männer; sondern ich habe auch während meines fünfmonatlichen Aufenthalts in Berlin mit Vergnügen bemerkt, daß diese Gelehrten an dem Orte, wo sie leben, geliebt, für gute moralische Menschen gehalten werden, und die Freundschaft und Hochachtung des edelsten Theiles ihrer Mitbürger besitzen. Dieses aber halte ich für einen ziemlich entscheidenden Beweis von dem wahren Werthe eines Menschen. Auch schienen selbst die verehrungswürdigen Theologen, Spalding, Teller, Diterich und Lüdke diese Männer als ihre Frunde und als Freunde der Wahrheit und gute Protestanten zu schätzen. Mir ist es also nie beygefallen, zu erforschen, wie weit Herr Nicolai und Biester in ihrem Glauben von der Augsburgschen Konfession abweichen mögen; denn ich weiß nicht, daß wir Protestanten unsern Luther und Kalvin für so unfehlbar halten müssen, als unsere christlichkatholische Religionsverwandten den Papst und die Kirche. *) Wer es durch seine Handlungen
zeigt,

---

*) Zwar gestehen freyer und aufgeklärt denkende Katholiken ein, daß der Papst irren könne. Auch ist die Unfehlbarkeit des Papstes kein eigentlicher Glaubensartikel. Aber die Kirche, als Versammlung der von Gott inspirirten Männer, ist in allem,
was

zeigt, daß er ein Nachfolger der beseligenden Religion Jesu ist, für den fühle ich Hochachtung, selbst wenn er auch in seinem Glaubensbekenntnisse hin und wieder von den Lehrsätzen aller vier christlichen Kirchen abwiche. Unser Glauben hängt so wenig von uns ab, als es von uns abhängt, mit unsern körperlichen Augen schwach oder scharf zu sehen. Das aber hängt von uns ab, im Tugendeifer unserm göttlichen Vorbilde nachzuahmen; und da sollten wir die christlichen Gesinnungen unserer Mitchristen nach dem Winke unsers weisen Lehrers prüfen: „An ihren Früchten wer„det ihr sie erkennen!“ und mit Paulus sagen: Das „Reich Gottes ist Gerechtigkeit, Friede und Freude „in dem heiligen Geist. Wer darinnen Christo die„net, der ist Gott gefällig und den Menschen werth.“

Daß der Herr Oberhofprediger Stark die Hrn. Nicolai, Biester und Gedike aus der christlichen Kirche hinausbannen will, weil sie theils die Absichten der Geheimnißkrämer, theils die geheimen Machinationen der Proselytenmacher näher beleuchtet, und gezeigt haben, wie schädlich die Sucht der Geisterseherey, wie schädlich aller Aberglauben, und alle Näherung zum Katholicismus dem wahren thätigen Christenthume ist, — dem Christenthume, welches Christus und seine Apostel so lauter gelehret haben,

D 5   und

was sie festsetzt, nach der Meinung aller wirkli chen Katholiken, völlig und ewig unfehlbar. Leider! Und mit dieser grundfalschen Idee müssen sich Protestanten keinesweges familiarisiren, sonst würde es bald mit dem Protestantismus aus seyn.

und welches nur durch Menschensatzungen und den
Geist der katholischen Hierarchie verunstaltet worden ist; — durch diese Wendung, die der Herr
Oberhofprediger nimmt, wird er so manchem Protestanten der die Gelegenheit gehabt hat, die Intrigen
der neuern Geisterbeschwörer und die Machinationen
der Proselytenmacher kennen zu lernen, abermal sehr
verdächtig. Denn Liebe zur Vollkommenheit und ächter
Menschenwürde muß in den Seelen erstorben seyn,
die mit kaltblütiger Ueberlegung den Menschenverstand
verwirren, und zum Aberglauben durch allerley Geister - und Herenmährchen hinzuleiten suchen. Die
Schädlichkeit der Absichten solcher Menschen, die un-
christlich durch Betrug, Gaukeleyen und Geistergeschichten gute Seelen irre zu führen, und gleißnerisch
unter dem Mantel der Religion zu beherrschen suchen,
ist ausgemacht, und wer sie der Welt darstellt, der
macht sich um die Menschheit verdient. Dieß ist
wenigstens meine Meinung. Es scheint Herr Oberhofprediger Stark gar nicht gefühlt zu haben, wie
wenig es für ihn anständig war: in diesem
Streite, wo ihm Schuld gegeben ward, er habe
sich, (sey es auch nur aus Mangel an Ueberlegung)
solcher Dinge verdächtig gemacht, die einen prote-
stantisten Gottesgelehrten nicht ziemten, nun alle Aufmerksamkeit auf solche ungeziemende Dinge überhaupt
für überflüssig und schädlich, ja für unanständig und
boshaft auszugeben.

Indem ich dies schreibe, theilt einer meiner
Freunde mir einen Brief eines jetzt von uns entfern=
ten Kurländischen Mitbruders mit, der um seines
durch-

durchbringenden Verstandes und edlen Charakters willen, schon seit mehr als dreißig Jahren, den Beyfall
seines Vaterlandes hat, und durch seinen Verstand
und seine geselligen Tugenden uns Kurländern an den-
jenigen Orten Deutschlands Ehre macht, die er besucht. Weil ich das, was ich hier sagen wollte, so
gut nicht einkleiden würde, als mein schätzbarer Lands-
mann, so setze ich hier — mit Erlaubniß des Be-
sitzers jenes Briefes — folgende Stelle dieses scharf-
sinnigen Menschenkenners und Selbstdenkers her.

„Es ist, und wird auch noch lange unglaublich
„scheinen, und doch sehr wahr bleiben, daß die
„verschiedenen und geheimen Gesellschaften sich in
„dem zusammentreffenden Zwecke vereinigen: die
„größesten Gewichte, noch zur Zeit im Verbor-
„genen, auf ihre Seite zu ziehen, um desto nach-
„drücklicher wirken, und sich allgemein Meister ma-
„chen zu können. Es eitert an manchen Ort dieses
„giftige Geschwür zwischen Fell und Fleisch, das,
„wenn es einmal sich verbreitet, und ausbricht, den
„ganzen Körper der Fäulniß aussetzet. Bey meiner
„Abreise aus Kurland war diese Verpestung eben nicht
„viel gefürchtet, allein ich hörte doch schon von — ‟

Weiter lasse ich den edlen Briefsteller nicht sprechen, dessen Beobachtungsgeist, fern von aller Verbindung mit jenen warnenden Schriftstellern, doch
ganz mit dem übereinkömmt, was diese aufzudecken
angefangen haben.

Der persönliche Vortheil, welchen diejenigen gewinnen könnten, die vor Schwärmereyen und vor den
geheimen

geheimen Machinationen der katholischen Proselytenmacher warnen, (und die Herr Stark daher zu Unchristen machen will) läßt sich nicht absehen; denn
wenn nicht Liebe zur Wahrheit und Menschenwürde
(die von ächter Tugend unzertrennlich ist) den Muth
dieser Männer belebte, dann hätten sie Unrecht, ihre Ruhe, ihr Glück und ihre Zufriedenheit
dadurch aufs Spiel zu setzen, daß sie Betrügereyen
und Bewegungen, die im Finstern schleichen, zum
Wohl der Menschheit entdecken, und sich so dem
Verfolgungsgeiste derer aussetzen, die Aberglauben
auf mannigfaltige Art auszusäen suchen.

Wie wenig genügendes, wie manches widersprechendes und wie viel nicht zur Sache gehöriges der
Herr Oberhofprediger im übrigen in seiner Vertheidigungsschrift gesagt hat, dies wird jeder Leser selbst
finden, der die Geduld hat, diese auf mehr als tausend sechshundert Seiten ausgedehnte Vertheidigungsschrift zu lesen. Auch wird derjenige geübte Denker,
dem die heimlichen Machinationen der katholischen
Proselytenmacher und Jesuiten bekannt sind, es auffallend finden, daß in diesen beiden Bänden vielmehr
verschiedene Mißbräuche der katholischen Religion,
und alles was Proselytenmacherey heißt, entweder
als nicht existirend oder der Aufmerksamkeit ganz unwerth vorgestellt wird; als daß man die Rechtfertigung des Herrn Oberhofpredigers wider den Verdacht,
den er allein durch seine Handlungen erregt hat, richtig
und vollständig vor sich finden sollte. Denn in wie vielen
Stellen sucht er hier die Druck- und Preßfreiheit einzuschränken, da doch wenn einmal freymüthig zu

denken

denken und zu reden nicht mehr erlaubt ist, bald Annahme von Unfehlbarkeit und blinder Gehorsam darauf folgen wird. Möchte der Herr Oberhofprediger
das Glaubensbekenntniß eines nach Wahrheit ringen-
den Katholiken, von Blumauer doch recht beherzigt
haben; dann wären die zwey ungeheuren Bände seiner seyn sollenden Vertheidigungsschrift vielleicht nur
zu wenigen Bogen eines aufrichtigen Bekänntnisses
eingeschmolzen, die ihm dann die Hochachtung aller
Protestanten und Katholiken, denen Wahrheit heilig ist, gewiß zugezogen hätten. Den blinden Glauben, welchem der Herr Oberhofprediger in seiner Vertheidigungsschrift auf mannigfaltige und versteckte Art
das Wort redet, findet selbst ein Katholik in dem eben
angeführten Gedichte drückend; aus welchem ich hier
nur zwey Strophen hersetzen will.

„Allein, ist Glauben sicherer als Wissen?
„Gehorsam besser, als das Selbstgefühl?
„Und bringt ein Licht, das wir entlehnen müssen,
„Uns leichter, als das eigene, zum Ziel?

„Ists sicherer, sich die Augen zu verbinden,
„Um an des andern Stab einherzugehn?
„Gab die Natur uns Augen, zum erblinden?
„Und Füße, um nicht selbst darauf zu stehn? —

O! hätte der gelehrte protestantische Oberhofprediger Stark die Freymüthigkeit dieses katholischen
Dichters gehabt; dann würde er in seiner Vertheidigungsschrift nicht an so mancher Stelle die Katholiken gegen diejenigen Protestanten aufzuhetzen suchen,
die aus allen Kräften einer Religionsvereinigung entgegen arbeiten, deren Nachtheil für die Protestanten
der

der verehrungswürdige Jerusalem selbst bewiesen hat. *)

Durch das, was ich hier vom Aberglauben, und von dem sich mit Ausbreitung des Aberglaubens in der Stille verbreitenden Katholicismus gesagt habe, hoffe ich von keinem würdigen und aufgeklärten Katholiken, und keinem meiner katholischen und von mir innigst geehrten Freunde misverstanden zu werden. Ich habe das Glück, selbst so manchen aufgeklärten Mann von dieser Religionspartey zu kennen, der mit weisem Muthe Aberglauben zu zerstören sucht. Was ich hier von Schädlichkeit des heimlich verbreiteten Aberglaubens und von dem Nachtheile gesagt habe, der für uns Protestanten durch eine Religionsvereinigung mit der römischen Kirche entstehen würde, dadurch habe ich nichts weiter als dies andeuten wollen, daß nach meiner Ueberzeugung, die **Denkfreiheit**

ein

---

*) Als der Karbinal de la Lance, Erzbischof von Turin, einem reisenden Cavalier den Wunsch äußerte, mit einem protestantischen Geistlichen über den Plan einer Religionsvereinigung in Briefwechsel zu treten; so schlug dieser den Abt Jerusalem als den geschicktesten Mann dazu vor. Der Kavalier bekam vom Karbinal den Auftrag, hierüber mit Jerusalem zu sprechen; aber statt daß dieser edle Weise die gehoffte Freude äußerte, so theilte er seine Bedenklichkeiten über diesen Schritt dem Protestanten in einem Manuscripte mit, welches ohne seinen Willen nachgehends gedruckt wurde.

ein Grundpfeiler wahrer Weisheit und Tugend ist, und daß Gewissenszwang dem Staate Heuchler bilden muß.

Ich weiß nicht, welcher gutmüthige Protestant grausam genug seyn könnte, dem frommen einfältigen Katholiken, welcher seine Heiligen anbetet und an Meßopfer glaubt, diese auf einmal durch Autorität der Kirche rauben, und ihn in seinem Glauben irre machen zu wollen. Ich glaube beynahe, daß eine gute schwache schwärmerische Seele, die ihre Freunde, die sie durch den Tod verloren hat, aufs zärtlichste liebte, diese Messen zuerst eingeführt haben muß; geldgierige Priester aber haben diese gute schwärmerische Empfindung zu benutzen gesucht, und so den schädlichsten Misbrauch daraus gemacht. Ueberhaupt glaube ich, daß manche schädliche Misbräuche in der katholischen Kirche ursprünglich von ängstlich zärtlichen Seelen, die zur Liebe und Schwärmerey Hang hatten, herkommen, von herrschsüchtigen und eigennützigen Päpsten und Pfaffen aber, welche die schädliche Maschine die Hierarchie errichteten, so verstümmelt worden sind, daß späterhin (so viel diese Hierarchen nur konnten) die ganze Religion fast bloß in Kommerz und Politik verwandelt, die edelsten Gefühle der Menschheit unter das Joch des Glaubens und Gehorsams gezwungen, und die Menschen mit so vielem äußern Ceremoniel in der Religion beschäftigt wurden, daß sie nicht zum wahren Denken und Untersuchen kommen können. Dazu kommt, daß dieses Ceremoniel eine bey vielen Menschen sehr empfehlende Seite hat: nehmlich, bey einigem anscheinend äußerlich lästigen

stigen

ftigen oder Beschwerlichen, die Bequemlichkeit.
Denn, meiner Ueberzeugung nach, ist es viel leich-
ter, durch Fasten, Messe hören, Beichten, Ave
Maria beten, und alle kirchliche Uebungen sich das
Vorrecht zu erkaufen, seine Lieblingsschwachheiten und
Sünden auf sichern Ablaß begehen zu können; als ein
Leben zu führen, welches ein beständiger Zusammenhang
der Bearbeitung unserer inneren Vollkommenheiten ist.
Die Religion, die sich nicht an Bruchstücken von Tugenden genügen läßt, sondern ein vollkommenes Ganze fordert, ist doch wohl lange nicht so bequem, als
die, welche auf kirchliche Gebote und Gebräuche hält,
und Sündenablaß zu ertheilen wähnet, wodurch gutmüthige Seelen um ihre Seeligkeit gewissermaßen betrogen
werden. Wenn man dereinst aus diesem Traume des Lebens jenseit des Grabes erwacht, und die Seele nicht
an immer zunehmende Vollkommenheit gewöhnt
hat; so wird die Versicherung der Kirche, die uns
durch äußeres Ceremoniel Ablaß unserer Sünden versprach, uns dort warlich nicht selig machen können,
wo nur Fertigkeit in Tugenden einzig und allein
beglücken wird. Irrig berufen die Vertheidiger
dieser bequemern Religion sich auf das Beyspiel Jesu,
der dem Schächer am Kreuze sagte: Heute wirst du
mit mir im Paradiese seyn! aber sie bedenken
nicht, daß Christus diesen Gekreuzigten gekannt, und
wahrscheinlich aus seinem vorhergehenden Leben ge-
wußt hat, daß er nicht durch Fertigkeit in Lastern
zum Kreuzestod verdammt wurde, sondern vielleicht als ein sonst guter Mensch, bey seinem ersten Fehltritte gegen Staatsgesetze, diesen schimpfli-

chen

chen Tod erleiden mußte. Der Stellen sind zu viele, wo selbst in den heiligen Büchern des alten Bundes, (da doch die jüdische Religion noch sehr an Ceremonien hing,) auf das deutlichste gesagt wird: daß Tugend, guter Wandel und Befolgung der sittlichen Gebote Gottes, bey weitem mehr werth und dem allgerechten Vater der Menschen angenehmer sey, als das reichste Opfer. Und wie viel mehr zeigt sich dieses nicht überall in den Aussprüchen Jesu! Wie rührend und nachdrücklich ist nicht seine Rede, als er den Sabbath brach, um einen Menschen zu beglücken! Auf die Frage: Ist es auch recht, am Sabbath heilen? antwortete er: „Welcher ist unter Euch, so er ein „Schaaf hat, das ihm am Sabbath in eine Grube „fällt, der es nicht ergreife und aufhebe? Wie viel „besser ist nun ein Mensch, denn ein Schaaf? „Darum mag man wohl am Sabbath Gutes „thun!“ Aber nicht bloß Werke der Wohlthätigkeit, auch des eigenen Nutzens, gestattete dieser beste Gesandte und Ausleger der Gebote Gottes, am Sabbathe. Er hatte nichts dagegen, wenn man sein Schaaf rettete; er vertheidigte seine Jünger, welche Aehren abpflückten und aßen, und drang auch hier darauf: daß Gott Wohlgefallen an der Barmherzigkeit und nicht am Opfer hat. So ist der ganze Geist der beseligenden Religion Jesu. Arbeit an moralischer Verbesserung, Streben nach innerer Vollkommenheit: das, das ist das Hauptziel, wohin der große Lehrer uns führen will, und wovon leider! die zu überhäuften Ceremonien der katholischen Religion nur zu leicht die Menschen abführen. Ich habe selbst manche

gutmüthige katholische Seele liebgewonnen, wenn ich
sie in heiliger Einfalt vor einem Marienbilde knien,
und Reliquien verehren sah; aber das Herz that
mir darüber wehe, daß ihre Anbetung auf solche
Gegenstände gelenkt, und die edle Fähigkeit ihres
Geistes so irre geführt wurde. Wenn nun sogar
aufgeklärte Männer diesen Wahnglauben begünsti-
gen, ja oft die tadelhaftesten Ceremonien entschuldigen, loben, und als reinchristlich vorstellen
wollen; wenn andere zugleich der Priestergewalt, und
der Macht der Hierarchie unvermerkt den Weg bahnen,
eben dadurch, daß sie die Vernunft und den Unter-
suchungsgeist unterdrücken, und dagegen Magie,
Geisterseherey und andere neue Zweige des Aberglaubens ausbreiten, womit von ihnen unmittelbar
allerhand Erwartung großer Geheimnisse, von
Klerikern, von Kanonicis des heil. Grabes, von
Klöstern in Auvergne oder sonst in Frankreich, vom
dreymahl gesegneten Vater unweit Florenz, von
unbekannten Vätern, verbunden wird; dann muß
nicht nur jeden wahrheitliebenden Protestanten, sondern
auch jeden aufgeklärten Katholiken, der unter der Macht
dieser vielköpfigen Hydra seufzt, schaudern, daß Menschen die menschliche Vernunft so herabwürdigen, um
ihre Absicht Menschen zu beherrschen desto sicherer zu
erlangen.

Ich muß hier noch eine Saite berühren. Herr
Professor Garve wird in Hrn. Starks Werke sehr
oft citirt und mit Lobsprüchen belegt. Diejenigen,
welche die Stellen worin dieses geschieht, auch nur
flüchtig ansehn, oder welche die Aufsätze des Hrn.
Garve,

Garve, worauf sich Hr. Stark bezieht, gelesen haben, werden wissen, daß darin von gar keiner andern
Sache, als von der Größe der Gefahren die Rede
ist, die wir Protestanten von katholischen Proselyten-
machern zu befürchten haben.   Diese Gefahren nun
hat Hr. Garve, vielleicht der ihm mangelnden Kenntnisse wegen, bestritten; aber die Schwärmerey selbst,
die in geheimen Gesellschaften vorgehenden Thorheiten, den Glauben an Wunderkräfte, an Magie, an
Umgang mit den Geistern, aus welchem zum theil jene Gefahren, nach dem Urtheile mehrerer verständi-
ger Männer, entstehen, hat er nicht nur nie auf die
entfernteste Weise in Schutz genommen, sondern
vielmehr bürget denen, die ihn nur im mindesten, es
sey durch Umgang oder durch Briefe oder aus seinen
Schriften kennen, alles dafür, daß er jene Verirrungen des menschlichen Verstandes mit Mitleid und
Verachtung, und die, welche sie geflissentlich befördern, mit Abscheu ansehe. — Weil es demungeachtet Leute giebt, die entweder so flüchtig lesen oder
so wenig nachdenken, daß sie glauben, zwey Schriftsteller, wovon einer den andern zum Zeugen anführt,
müssen mit einander in allen Stücken gleich denken;
so will ich die Ideen des Hrn. Garve über Engel,
Geister und die, welche sich des Dienstes derselben zu
bedienen vorgeben, aus einer Stelle eines von ihm
vor kurzen erhaltnen Briefes dem Publikum vorlegen,
welche Stelle er mir in dem Falle, daß ich diese Ma-
terien von Magie und Geisterseherey berührte, bekannt zu machen, die Erlaubniß gegeben hat. Sie
bestätigt überdem das, was ich oben S. 15 gesagt habe.

E 2   Aus

Aus einem Schreiben des Herrn Professor Garve an mich, vom 13. Aug. 1787.

„Es ist schwer, sich in die Stelle anderer Menschen
„zu setzen, die von Jugend auf mit ganz andern Ideen
„umgegangen sind, ganz andere Empfindungen gehabt
„haben, als wir. Ob ich gleich in eben den orthodo-
„xen Religionslehrsätzen erzogen worden bin, von de-
„nen die Lehre von guten und bösen Engeln einen Arti-
„kel ausmacht; so hat doch diese, und was damit zu-
„sammenhängt, schon in meiner frühen Jugend sehr
„wenig Eindruck auf mich gemacht, und ich habe keine
„Verwandten, keine Lehrer gehabt, die mich viel da-
„mit beschäftiget hätten. Meine Imagination ist von
„Natur kalt und matt; von dem Unsichtbaren habe ich
„nie mehr zu wissen geglaubt, als was ich mit meinem
„Verstande begreifen, oder durch Analogieen mit dem
„Sichtbaren mir aufklären kann. Und wo also dessen zu
„wenig war, was ich auf einem von diesen beiden We-
„gen von dem Gegenstande lernte, da habe ich densel-
„ben bald aus meinem Gesichte verloren. Ich besinne
„mich, daß ich mich schon als Knabe nicht wenig über
„einen Autor wunderte, der ein Buch unter dem Titel
„Religion der Engel ankündigte. — Und welcher
„erstaunliche Abstand ist nicht noch zwischen der Lehre
„von guten und bösen Engeln, so wie sie die orthodoxe
„Theologie enthält, und wie sie uns in der Kindheit
„beygebracht wird, und zwischen den abenteuerlichen
„Begriffen von weißer und schwarzer Magie! Mich
„dünkt, selbst die Hochachtung gegen diese höhere We-
„sen sollte alle die Versuche, sie durch gewisse Kunst-
„griffe sich dienstbar zu machen, als thöricht und fre-
„velhaft vorstellen; so wie auf der andern Seite die
„Furcht vor der Macht und dem Verstande der bösen
„Geister, von dem Vertrauen an geringfügige und un-
„bedeu-

„bedeutende Mittel, ihnen zu widerstehen, von Rechts-
„wegen abhalten müßte. Sollte denn der gute oder
„böse Dämon, (so dächte ich, müßte jeder vernünftige
„Mensch, selbst bey dem stärksten Glauben an das Da-
„seyn und den Einfluß dieser Geister räsonniren) sollte
„er denn thörichter handeln, und durch kleinere, we-
„niger vernünftige Bewegungsgründe regiert werden,
„als ein schwacher Mensch? Und was ist weniger fähig
„auf einen Geist, und auf einen großen Geist zu wir-
„ken, als Grimassen und Töne, die Form oder die
„Aussprache gewisser Buchstaben? Ueberhaupt ist diese
„zwingende Kraft, welche die Magie gewissen äußer-
„lichen Handlungen der Menschen, zu Bestimmung der
„Handlungen unsichtbarer, entfernter und noch dazu
„erhabner und mächtiger Wesen zuschreibt, eine der
„Ungereimtheiten, von denen ich nicht einmal deutlich
„einsehe, wie sie in einem menschlichen Kopfe entstehen
„kann, noch weniger, wie sie sich in einem vernünfti-
„gen erhalten kann. Demungeachtet lehrt die Erfah-
„rung aller Zeiten, und selbst Ihr Beyspiel, gnädige
„Frau, daß diese Ideen existiren, und daß sie, selbst
„neben den vernünftigsten Vorstellungen, und den fein-
„sten richtigsten Gefühlen, in der menschlichen Seele
„Platz finden.

„Auch dies zeigt mir, wie mangelhaft noch meine
„Menschenkenntniß sey, und wie behutsam ich seyn
„müsse, zu leugnen, was mir unbegreiflich ist.

„Indessen muß doch noch irgend ein mir unbe-
„kannter Mittelbegriff hinzukommen, der so unge-
„heure Disparate mit einander verbindet. — Sie
„selbst in Ihrer Schrift und in Ihren Briefen, reden
„von geheimen Gesellschaften, in welchen Ihre Ver-
„wandten zu leichterer Annahme der Cagliostroschen

Ideen

„Ideen vorbereitet wurden. Ich kenne diese Schulen
„nicht; aber die Wirkungen zeigen es mir, daß
„mächtig darin auf den menschlichen Geist ge-
„wirkt wird, und gegen diesen Zauber, eben weil er
„verborgen ist, kann der vernünftige Profane nicht
„mit genugsamem Erfolge arbeiten. Ich bin in Ge-
„fahr, wenn ich von diesen Dingen spreche, in den Au-
„gen derer, die mehr davon wissen, ein Thor zu schei-
„nen. Eben deswegen muß ich es auch andern über-
„lassen, den Gefahren, die uns von dieser Seite
„drohen, entgegen zu arbeiten. Ich vor meinen Theil
„kann der Schwärmerey nur wehren, indem ich die
„Grundsätze der gesunden Vernunft vertheidige; ich
„kann an Zerstörung der Werke der Finsterniß nur ar-
„beiten, indem ich selbst das Licht suche. Dieß habe
„ich bisher nach meinen schwachen Kräften gethan; ich
„werde es, so lange noch einige in mir übrig bleiben,
„(denn ich sehe sie durch Kränklichkeit und Jahre immer
„mehr abnehmen) ferner thun. Diejenigen indessen,
„welche Gelegenheit gehabt haben, so wie Sie,
„gnädige Frau, seltsame Verirrungen des menschli-
„chen Verstandes und außerordentliche Verführer
„kennen zu lernen, handeln nach Pflicht, wenn sie
„diese entlarven, und jene zur Warnung bekannt
„machen.“

So urtheilt ein Garve, den die Vorsehung noch
lange erhalten möge, um wahre Aufklärung und
Menschenglück zu befördern; denn die Wahrheit ist
ihm heilig, sobald er sie erkennet. Freylich mußte
es einem Garve unglaublich scheinen, so lange er nicht
durch Thatsachen überzeugt wurde, daß einige Menschen es darauf anlegen, den menschlichen Verstand
in mannigfaltigen geheimen Gesellschaften zu verwirren,

ren, um ihn durch Schwärmerey von Irrthum zu
Irrthum zu leiten, und so allmählig durch den un-
bedingten Glauben an vernunftwidrigste Sachen, dem Joche derer zu unterwerfen, die durch
Betrug — gleich den Priestern zu Delphi — die
Menschen beherrschen, und die Großen der Erde in
ihre Netze fangen wollen.

Garve ist ein viel zu aufgeklärter philosophischer
Kopf, hat zu scharf über die Wahrheiten der Religion nachgedacht, als daß die neuern Geheimnißkrämer Magier und Wunderthäter sich daran wagen sollten, ihn zum Proselyten zu machen. Weislich wissen diese Betrüger Männern wie Garve und die ihm
ähnlich sind, ihre Hirngespinste zu verbergen, so wie
sie überhaupt die kalt untersuchende Vernunft von ihren geheimen Gesellschaften ausschließen, weil sie
den durchdringenden Scharfblick eines philosophischen
Beobachters scheuen. Der weise Garve kannte freilich eben wie so viele andere rechtschaffene Leute nicht
aus eigener Erfahrung die Schleichwege eines Rosa,
Johnson, Schröpfers, Cagliostro, Bilhelmi,
Grafen Bologna, *) des Verfassers des St. Ni-

E 4   kaise

___

*) Bilhelmi zog vor einigen Jahren in Oestreich,
   Schlesien und Polen herum, wollte für einen
   großen Kenner innerer Orden gehalten seyn, trieb
   vielerley Intriguen, und mag wohl von den uns
   bekannten Obern gesandt gewesen seyn. Ein so-
   genannter Graf Bologna, wenn ich nicht irre,
   ein Mönch, gewiß aber, nach seinem eigenen
   Geständnisse, ein in Italien geweihter katholischer

Laise und ähnlicher Geheimnißkrämer kennen lernen.
Auch ist die Seele dieses edlen Mannes viel zu offen
und wahrheitliebend, als daß er nach seinem geraden
Charakter, ohne Erfahrung, sich eine Idee von den
Schleichwegen der Betrüger machen könnte, durch
welche sie das göttliche Geschenk, die Vernunft,
herabzuwürdigen suchen; Aber der Weise trauet
glaubwürdigen Zeugnissen, daß in so manchen geheimen Gesellschaften der Glauben an Wunderkräfte,
an Umgang mit den Geistern, immer noch fortge-
pflanzt wird, um dadurch mächtig die Vernunft
zu unterdrücken und schädlichen Aberglauben an derselben Stelle zu setzen, und er erkennt die Nothwen-
digkeit, vor diesen der Menschheit schädlichen Misbräuche zu warnen.

Jeder,

scher Priester, zog in Deutschland herum, machte
bald den italiänischen Sprachmeister, bald den
ächten Freymaurer, bald den Zeichendeuter, bald
den Geisterbanner, bald den Schatzgräber. Er
nahm in Leipzig die protestantische Religion an,
las aber dennoch an mehrern Orten Messe, um
damit Geister zu bannen und Schätze zu graben.
In Erlangen ward dieß entdeckt, und er kam ungefähr
im Jahre 1778 in gerichtliche Untersuchung. Der
geweihte tragbare Altar, den er zum Messelesen bey
sich führte, und wenn ich mich recht erinnere, aus
Rom geholt hatte, ward wirklich bey ihm gefunden. Er ward des dortigen Landes verwiesen,
und soll sich nachher unter andern Namen in
Schwaben und der Schweiz haben blicken lassen.
Verschiedene Leute glauben, daß Bilhelmi und
Bologna einerley Person wären.

Jeder, dem wahre Tugend, Religion und Men-
schenwohl am Herzen liegen, wird die Denkfreiheit
lieben, weil es ein seliges Gefühl ist, aus wahrer,
durchdachter und geprüfter Ueberzeugung von der
Göttlichkeit der Lehre Jesu, ein Christ zu seyn; aber
jeder denkende und wahre Christ, er bekenne sich zu
welcher Religionspartey er wolle, wird die Macht
des Aberglaubens, der Schwärmerey und ihrer
Mutter, der Hierarchie, die Inquisitionen einführte,
Phantasten entflammte, eine Bluthochzeit und Pul-
ververschwörung ausbrütete, mehr als selbst den
Gottesläugner fürchten, weil dieser vielleicht nur ein
unglücklich irrender Zweifler seyn kann, und das Da-
seyn eines weisen Schöpfers aus der ganzen Natur
zu einleuchtend ist, als daß viele diesen unseligen Wahn
hegen könnten.   Wenn vollends Priester, durch die
Religion, die uns beseligen soll, abergläubische
Schwärmerey unter das Volk bringen, und sogar eigene Sekten stiften, um den Menschenverstand auf
finstere Abwege zu leiten; dann ist das Glück der
Menschheit in der größten Gefahr.

„O Gott ich weiß — die Welt hat es erfahren—
„Daß selbst der Glaub' in deiner Priester Hand
„Mehr Böses that in siebzehnhundert Jahren,
„Als in sechstausend Jahren der Verstand.
                                    Blumauer.

Die Leser dieser Blätter werden mir diese gemach-
te Digression zu gute halten, und zugleich verzeihen,
daß ich, bevor ich zum Schlusse komme, noch eine neue
machen muß.   Denn da ich eben des Herrn Geheim-

E 5   men

nachfpüren können, an jedem Orte durch immer ab=
geänderten Betrug feine Rolle gefpielt und fo viele
gute Menfchen hinters Licht geführt hat. *) Aber
Cagliostro hatte fich in feinem Memoire unverfchäm=
ter Weife auf unfer Zeugniß berufen. Dieß bewog
mich, öffentlich zu reden, damit die Wahrheit ans
Licht käme. Darum erlaubten alle die würdigen Per=
fonen in Mitau, die ich in meiner Nachricht anführe,
daß ich fie nennen durfte, weil ihr Zeugniß das mei=
nige beftätigte.

Schwerer noch ging ich freylich daran, von des
Herrn Oberhofprediger Starks zweydeutigem Betra=
gen den Schleyer in etwas abzuziehen. Aber ich
würde, nach meiner Idee von Recht und Unrecht,
mich fo zu fagen, fremder Sünden theilhaftig gemacht
haben, wenn ich in beiden Fällen aus Weichlichkeit
oder Furcht gefchwiegen hätte.

Wenn

*) Ich fetze diefe Erklärung hier ausdrücklich her,
um noch einmal, wenn ich anders Glauben ver=
diene, es öffentlich zu fagen — was, meiner
Meinung nach, meine erfte Schrift fchon hin=
länglich gefaget und bewiefen hat — daß, nach
meiner Freunde in Mitau und nach meinen eige=
nen Erfahrungen, desgleichen nach eingezogenen
Nachrichten aus Petersburg und Warfchau, Ca=
gliostro nichts als ein fchädlicher Charlatan und
intriganter Betrüger ift, deffen Betrügereyen
durchaus keine mildere finnreiche Erklärung zulaf=
fen. Ich wiederhole dieß, fo ungern ich auch
über Jemanden ein hartes Wort ausfpreche.

76

Wenn Herr Geh. Hofrath Schloſſer Witz und
Laune, die er bey dieſer Gelegenheit ſo reichlich flieſſen
läßt, hier ein wenig aufhalten, und den wirklich wichtigen Gegenſtand mit dem ruhigen Verſtande, den ein
Mann wie er, gewiß beſitzt, und alſo auch beſſen
Werth zu ſchätzen weiß, betrachten will; ſo wird er
die gefährlichen Folgen erblicken, welche für die
Menſchheit daraus entſtehen, wenn Betrüger und
Gaukler, wie Schröpfer, Caglioſtro und Gaßner mit ihrer Myſterienſucht ungeahndet den menſch-
lichen Verſtand verdrehen und dem ſchädlichſten Aberglauben Anhänger zuziehen dürfen. Bey vorhergegan-
gener ernſthafter Ueberlegung dieſer Folgen würde ein
Mann von Herrn Schloſſers Verdienſten gewiß nicht
allen ſeinen blendenden Witz aufgeboten haben, um
durch die feinſte Sophiſterey*) dem Betruge des Caglioſtro das Wort zu reden. Herr Schloſſer führt
Orpheus, Numa und Mahomet an, um zu behaupten, daß nicht aller Betrug betrügt. Dieſe
Männer mögen ſich denn Betrug erlaubt haben, um
rohe Nationen zu beherrſchen und zu bilden! Wir
wollen ſie allenfalls entſchuldigen, daß ſie ſich täu-
ſchender Mittel zu guten Endzwecken bedienten. Aber
wenn

*) Man erlaube mir ein einziges mal ein hart-
ſcheinendes Wort, denn ich weiß kein anderes zu
finden, um den Begriff der gar zu ſonderbaren
Wendungen, die Herr Schloſſer braucht, deutlich auszudrücken. Ich könnte ſonſt auch Spiel
der Magie ſagen, wenn ich mit dieſem Worte
ſpielen und es in eben ſo willführlichem Sinne
brauchen könnte und wollte, wie Herr Schloſſer.

wenn man sich unter gebildeten Menschen (ich hoffe
doch Hr. Schlosser wird nicht glauben, daß wir Kur-
länder zu den Kaliforniern und Patagoniern gehörten,
oder noch des weisen Betrugs eines Numa oder Orpheus bedürften) schlauer Ränke bedient, um unter dem
Deckmantel der Religion hohe Geisteskraft vorzuspie-
geln, und listiger Weise mannigfaltige Zweige des Aberglaubens ausbreitet, nicht etwa wie Orpheus und Numa, ein rohes Volk zu bilden, sondern ein kultivirtes
Volk in Fesseln der Vorurtheile zu schmieden; dann
kann der Betrug nicht entschuldigt werden, ohne die
ehrwürdigen Rechte der Menschheit zu verletzen.

Wohin dachte wohl Hr. Schlosser, wenn er den
unwürdigen Cagliostro mit Rousseau und Sülly ver-
glich? Er hat wohl recht zu sagen: Er kenne Cagliostro nicht. Man sieht es. Aber er kennt doch Rousseau
und Sülly! Irre ich mich vielleicht, wenn ich glaube, ein Mann wie Herr Schlosser, solle wissen,
was er werth ist, und was also sein Urtheil werth ist?
Er hätte also billig Bedenken tragen sollen, einen
Mann, den er nicht kennt, mit den ehrwürdigsten
Männern, mit einem Rousseau und Sülly (gesetzt, es sey auch nur in muthwilliger Laune gewesen)
zu vergleichen. Und noch dazu einen Cagliostro, den
er in etwas kennen könnte! Einen Cagliostro, der
durch Leute, die aus Erfahrung ihn besser kannten,
in Mitau, Petersburg und Warschau, des
gröbsten Betrugs und der niederträchtigsten Escroque-
rien öffentlich bezüchtigt worden ist! Einen Cagliostro, der schon durch seine offenbar erdichtete Lebensge-
schichte, durch seine Erzählungen aus den ägyptischen

ſchen Pyramiden, die nicht glaubwürdiger ſind als die Contes des Fées, und die er doch dem höchſten Gerichte in Frankreich in einem ſehr ernſthaften Proceſſe als Wahrheit aufbürden wollte, ſich als einen Menſchen von höchſt zweydeutigem Charakter zeigte. Irre ich mich, wenn ich glaube, die Achtung für die Autorität der Wahrheitsfreunde, und der Abſcheu und die Verachtung, die ein Betrüger verdient, hätte auf einen Mann von Ehre und Ueberlegung ſo viel wirken ſollen, daß er einen Anfall von excentriſcher Laune, der er bey andern Gelegenheiten zuweilen eher ganz unbeſcholten freyen Lauf laſſen konnte, hier ein wenig zurückgehalten hätte. Irre ich, ſo iſts meine große Hochachtung gegen Herrn Schloſſer, die mich in dieſen Irrthum bringt.

Es läßt ſich kaum als möglich denken, daß ein Mann von Herrn Schloſſers Scharfſinne im Ernſte behaupten wolle, Caglioſtro habe ſeine Schüler *) durch die magiſchen Hirngeſpinnſte, die er ihnen mit ſo feierlichem Ernſte als heilige, geheimnißvolle Wahrheiten einzuprägen ſuchte, von ihren Irrthümern allmählig heilen wollen, da er doch ſelbſt die

ſchäd-

*) Herrn Schloſſer gefällt es, nur von mir, und von der Wirkung, welche das myſtiſche und magiſche Syſtem des Caglioſtro auf mich hatte, zu reden. Er ſcheint aber überſehen zu haben, was aus meiner Nachricht deutlich erhellt, daß Caglioſtro, bevor ich mich ihm noch nahete, ſchon mehrere ſcharfſinnige Männer durch ſeine magiſchen Operationen für ſich und ſeine Wundergaben

schädlichsten Irrthümer in unsern Gemüthern hervorbrachte. Uebrigens scheint Hr. Schlosser nicht bedacht zu haben, daß Cagliostro durch diese Hypothese schon deswegen nicht zu entschuldigen ist, weil er (wenn nun auch, wie Hr. Schlosser zu glauben scheint, gegen mich der gaukelhafte Betrug erlaubt gewesen wäre) gegen wahrhaft philosophische Köpfe und vernünftige gelehrte Leute, die neben ihm in Mitau waren, und auch mit ihm zum Theil zu thun hatten, sich nie von einer wahren guten Absicht hat etwas merken lassen, und daß er von 1779 bis jetzt auch nicht einen einzigen Schritt gethan hat, um sein Gewebe von Mysteriensucht, Gaukeley und Betrug zu zerreissen, indem man vielmehr nie etwas anders von ihm gehört hat, als empirische Wagstücke in der Medicin, alchymischen Betrug, magische Gaukeleyen, Anpreisung unbekannter Obern und Verstandsverwirrungen,

Eben so wenig läßt sich es denken, daß ein Mann von Herrn Schlossers Charakter im Ernste den Grundsatz annehmen wolle: Es sey erlaubt, seiner Phantasie auf Kosten der Wahrheit und der Wahrscheinlichkeit ohne Bedenken freyen Lauf zu lassen, um willkührlicher Weise für das, was am wenigsten entschuldi-

gaben eingenommen hatte. Es ward diesem Betrüger auch daher um so leichter, auf meine durch so manche mystische Schriften erhitzte Einbildungskraft zu wirken. Aber er hatte nicht bloß Rücksicht auf mich. Er durfte gar nicht, wie Herr Schlosser es vorstellt, alle seine Gaukeleyen bloß meinetwegen spielen lassen.

schuldigungsworte seyn kann, Entschuldigungen zu
ersinnen, und ausgemachte Thatsachen, die den Betrug beweisen, dem Betrüger zum Besten, für un-
beweisende Grillen auszugeben. Dennoch finde ich
ihn, zu meinem wahren Erstaunen, und, ich muß
hinzusetzen, zu meinem noch größern Bedauern, auf
diesem Wege. Er sagt: „Er wolle des Cagliostro
„Mitauer Erscheinungen mit dem was er sage, nicht
„rechtfertigen; er wolle nur sagen, daß alles das
„einer Rechtfertigung fähig ist, folglich noch viel
„dazu gehört, das Schuldig darüber auszurufen."
Die Gründe, welche Herr Schlosser angiebt, und
warum alles, was Cagliostro in Mitau gethan hat,
noch einer Rechtfertigung fähig seyn soll, sind
folgende: „Es giebt eine Art von Menschen, die
„sich nicht anders als bildlich ausdrücken können,
„und diese muß man immer zu übersetzen wissen,
„wenn man sie recht verstehen will. — Die Leser,
„die Zuhörer und Schriftsteller, die alles so plump,
„so wörtlich verstehen, wie es gesagt wird, sind
„beschwerliche Leute; auch schädliche Leute. —
„So lange Cagliostro noch so viel Auswege hat,
„entweder seiner Lehre einen andern Sinn unter-
„zulegen, oder seinen Handlungen einen edlen
„Zweck auszufinden, oder wenigstens seine
„Schwachheit mit Beyspielen so großer Männer
„zu beschönigen, so lange wäre es Leuten unsrer
„Art nicht zu verzeihen, wenn wir ihn ver-
„dammten." Ich kann meine Betrübniß nicht verbergen, daß so unwürdige Vorstellungen zum Vor-
theile eines Abenteurers, der allenthalben so zwey-

deutig

deutig handelte, und aus guten Gründen für einen überwiesenen Betrüger gehalten wird, aus der Feder eines der weisesten Männer unserer Nation fließen konnten; welcher zugleich höchst bitter über Männer spricht, deren gute Absicht und Wahrheitsliebe doch am Tage liegt, wenigstens keiner Uebersetzung aus dunkeln Bildern bedarf, um gerechtfertigt zu seyn, oder sonst irgend einer Beschönigung. Sollte ein so weiser Mann wirklich glauben, es sey billig: für Cagliostro eine bis über die äussersten Gränzen sich erstreckende Nachsicht zu fordern, und zugleich den Herausgebern der Berlinischen Monatsschrift auch nicht einmal gemeine Gerechtigkeit über den offenbar edlen Zweck ihrer Bemühungen angedeihen zu lassen? Es thut mir wehe, daß es nöthig ist, diese Frage zu thun! Sollte es einem weisen Manne nicht geziemen, daß das, was er über wichtige Gegenstände schreibt, einen bestimmten, nicht zu verfehlenden Sinn habe, nicht erst selbst auf eine vage Uebersetzung warte, die Leute wie Cagliostro zur Nothhülfe bedürfen mögen, die aber Männer, denen gesunde Vernunft zu Gebote steht, und denen daher der simple reine Wortverstand ihrer Behauptungen, wie es mir scheint, nie beschwerlich werden kann, gewiß verschmähen? Ich bedaure es, daß auch diese Frage hier sehr nöthig ist. Darf ich wohl mit aller Achtung für Hrn. Schlossers Talente erinnern, daß dieß nicht die rechte Art ist, über Gegenstände von Wichtigkeit zu schreiben. Seine beiden ersten Sätze sind im Ernste geschrieben, der in persiflirende Laune übergeht; der letztere in persiflirender Laune, die wie

Ernſt ausſehen ſoll. Sollte denn aber wirklich die
Unterſuchung, ob ein Betrüger, der ſich von einem
Ende von Europa bis zum andern in ſo zweydeutigem
Lichte zeigte, wirklich ein Betrüger iſt, das leichte unbedeutende Ding ſeyn, das auf die Gaukelſtange der
Perſiflage geſetzt werden darf, durch welche ſchwarz
für weiß und weiß für ſchwarz kann ausgegeben werden? Nach meiner Empfindung iſt hier Witz und
Perſiflage ſehr am unrechten Orte angebracht. Wären die obigen Sätze im Ernſte behauptet, welches
ich für unmöglich halte, wohin würde dieß führen?
Woran ſollten wir ſodann Wahrheit und Ehrlichkeit
von Betrug und Gleißnerey unterſcheiden? Werden
nicht die ärgſten Betrüger, die elendeſten Abenteurer
nach eben den Principien können gerechtfertigt werden, welche hier dem Cagliostro zum Schutze dienen
ſollen? Welcher von dieſen Leuten wird nicht Aus=
wege finden, ſo bald ihnen der Wortverſtand ihrer
Reden, oder die ſichtliche Beſchaffenheit ihrer Tha-
ten beſchwerlich wird? Nicht nur Swedenborg,
den hier auch Herr Schloſſer in Schutz nimmt, ſondern auch der Verfaſſer des Buchs *des Erreurs*,
des hinterliſtigen jeſuitiſchen Hirtenbriefs an die
Freymaurer, ja des Magiſchen Spiegels oder
D. Fauſts Höllenzwang, werden ſehr leicht ihrer
Lehre einen andern Sinn unterlegen können.
Dem Franz Borri und dem flüchtigen Pater
würde zu Gute kommen müſſen, daß ſie ſich nicht anders als bildlich auszudrücken wußten. Selbſt
Morczini oder ſogar Cartouche werden ja für
ihre Handlungen irgend einen edlen Zweck aus=
zufin-

zufinden wissen; und wer wie Lovelace handelt,
wird ja seine sogenannte Schwachheit mit Beispie-
len beschönigen können. So lange sie dieses also
thun könnten, dürften wir sie nicht verdammen; aber
Männer, die mit unheuchelnder Freymüthigkeit ungern gehörte Wahrheit ans Licht zu bringen Muth genug haben, dürften weder Schutz noch Nachsicht finden? Ihre ernsthaften und möglichst genauen Unter-
suchungen über zweydeutige Leute oder zweydeutige
Dinge wären nichts als *Commerage* oder *Gossi-
page* *); aber willkührliche und unbillige Entschuldigungen sehr verdächtiger Leute, wäre Philosophie?
Da sey Gott vor!

Herrn Schlosser gefällt es zu sagen: „Der Fr.
„v. d. R. Nachricht von Cagliostro ist nur ein Drama
„ohne Entwicklung. Der Held tritt ab, ohne
„daß man weiß, warum er auftrat; denn die arm-
„selige Escroquerie von etlichen hundert Tha-
„lern ist zu unvollständig erzählt, als daß man et-
„was daraus machen könnte, ist dem mühsamen
„Mitauer Spiel zu unproportionirt.“ Hr. Schlosser erlaube mir, folgendes hierauf zu erinnern.
Meine Nachricht sollte kein Drama seyn, kein
Werk, welches die Einbildungskraft zu einem vollständigen Ganzen zusammensetzt; sonst wäre es mir
auch wohl sehr leicht geworden, durch etwas bildli-
chen Ausdruck, oder durch Ausfindung solches

F 2 Sinns

---

*) Diese verächtliche Beynamen hat Hr. Schlosser
dafür erfunden.

Sinns oder solcher Zwecke, wie sie in mein Dra=
ma gepaßt hätten, der Vorstellung von den Vor=
fällen während des Cagliostro Aufenthalt in Mitau,
weit mehr Glänzendes, und eine beliebige Verwick=
lung und Entwicklung zu geben. Aber hievon war
ich sehr weit entfernt. Meine Nachricht sollte getreu
bey der Wahrheit bleiben, sollte ein getreues Bild
geben, wie sonst sehr verständige Leute, mit magischen
Erwartungen angespannt, von einem Betrüger leicht
zum Spiele können gebraucht werden, welches so
einige trefliche Gelehrten noch kurz vorher für et=
was Unmögliches gehalten hatten. Meine Nachricht
sollte die Beschaffenheit der für Vernunft und Reli=
gion gleich schädlichen Einbildungen, mit welchen
Cagliostro unsere Gemüther verwirrte, und wodurch
jetzt noch so viele andere gute Köpfe in Europa ver=
wirrt werden, (weil so sehr viel gute Köpfe und redli=
che Menschen so sehr auf Geheimnisse angespannt sind,)
näher zeigen, da sie bis dahin öffentlich eben nicht be=
kannt waren. Sie sollte zeigen, welche schädliche
Wirkungen die Absendungen von dergleichen Emissa=
rien haben, die sich der Befehle unbekannter Obern
und des Besitzes magischer und anderer Geheimnisse
rühmen; und sollte die durch mehrere Umstände schon
entstandene Muthmaßung: die Urheber von allen sol=
chen Sendungen und Geheimnissen möchten die Jesui=
ten seyn, welche dadurch bey den Großen der Erde, und
bey vielen sonst klugen und vernünftigen Leuten, die
auf Erwartungen von Geheimnissen gestimmt sind,
Eingang suchen, — durch einige, wie ich glaube, nicht
zu verwerfende Umstände noch mehr bestätigen. End=
lich,

lich, da Cagliostro in seinem Memoire, unter andern Personen vom ersten Range, auch den Herzog von Kurland, und die Herzoginn, meine verehrungswürdige und geliebte Schwester, vor ganz Europa zu Zeugen aufzurufen sich unterstand, daß er nichts Unrechtes begangen habe; so hielt ich es für Pflicht, öffentlich, mit Beystimmung aller Redlichen in Mitau, zu erklären und zu beweisen: daß er sich als ein Betrüger bey uns aufgeführt habe. Dieß war mein Zweck, und diesen habe ich, wie ich noch glaube, hinlänglich erreicht.

Hr. Schlosser scheint andeuten zu wollen, die Escroquerie von etwa 2000 Rthlr. hätte ich als den Hauptzweck seiner Operationen in Mitau angeben wollen. Dieß war aber gar nicht meine Absicht, wie aus meiner Nachricht von Cagliostro S. 146 zu ersehen ist. Aber sollte denn desfalls aus diesem Faktum, wie Hr. Schlosser meint, auf keine Weise etwas zu machen seyn? Ich bin der Meinung, es folge auch hieraus nicht wenig wider Cagliostro. Denn ist wohl von einem Menschen, der sich in Mitau so niedrig eigennützig aufführte, der nachher in Warschau, unter dem Vorwande von Alchymie, offenbaren Betrug beging, ist wohl von dem zu vermuthen, daß sein Vorgeben, er habe in Strasburg, bloß aus Menschenliebe, alle Kranken kurirt, gegründet sey? Kann man ihn wohl für einen so sehr edlen Mann halten, daß uns auch die offenbarsten Thatsachen, die in andern Dingen wider ihn zeugen, nicht berechtigen könnten, ihn des Betrugs fähig zu halten?

F 3   Die

Die Geschichte der Erscheinung eines Abenteurers
in einer Stadt, pflegt nicht allemal einem Drama
zu gleichen, wo man die Exposition, die Verwick=
lung und Entwicklung deutlich angeben kann. Die
Ursache ist, weil so viel von solchem Spiele hinter
den Coulissen gespielt wird, wovon der Zuschauer
gar nichts sehen kann. Wenn indessen Hr. Geh.
Hofrath Schlosser über Cagliostro's hiesiges Be=
tragen etwas genauer nachgedacht hätte, so würde er
freilich ein unvollendetes, oder vielmehr ein verfehl=
tes Drama darinn bemerken, aber dieß Drama soll=
te nicht hier, sondern in Petersburg gespielt wer=
den. In Mitau lag nur die Scene zum Vorspiele,
welches C. bey uns ganz vollständig auszuspielen wußte.
Dieser Held, den Hr. Schlosser, auf Kosten so man=
cher rechtschaffenen Männer und Freunde der Wahr=
heit, zu vertheidigen sucht, kam gewiß nicht so ganz
von ungefähr, aus Italien oder aus den ägyptischen
Pyramiden mit einem male bis zu uns nach Mi=
tau. Was bewog ihn, alle andern Städte bloß
durchzureisen, und hier gleich seine Operationen anzu=
fangen? Er war gesendet, dieß sagte er selbst, und
dieß war auch wohl augenscheinlich. Wie hätte er
sonst so genau wissen können, an wen er sich zu wen=
den hatte, so genau die Leute wählen können, die
er ihrem Charakter nach, gleich anfänglich seinen
Absichten bequem fand? Wer gab ihm die Nachrich=
ten? Vermuthlich eben die Propaganda, die vom
kirchlichen und politischen Zustande in Kurland
so genaue Nachrichten einzieht (S. oben S. 44.)
Unwahrscheinlich ist es wenigstens nicht; denn sonst
sind

sind wohl die nördlichen Länder im südlichen Europa so
sehr bekannt nicht, und die Propaganda wendet doch so
viele Kosten nicht umsonst auf, sondern theilt die Nachrichten wohl mit, wo es den gemeinsamen Zweck befördern kann. Wie konnte man sonst so gut wissen, daß in
Mitau Leute waren, die den Cagliostro, wenn er
sich ihrer bemächtigte, in St Petersburg empfehlen
könnten? Nun trat er bey uns auf, um Irrglauben
und Aberglauben, wo er konnte, auszustreuen, ne-
benbey auch Geldschneidereyen zu treiben, und hier
im mystischen Gewande, wie gesagt, das Vorspiel
zu dem Drama aufzuführen, welches eigentlich er
erst recht in vollem Glanze in St. Petersburg zu
spielen dachte. Es gelang schon sehr gut. Wäre
ihm sein hinterlistiger Plan geglückt, mich zur Reise
nach St. Petersburg, mit Bewilligung meines Vaters, zu bereden, so wäre es ihm noch besser gelun-
gen. Er würde sodann nicht am dortigen Hofe als
ein dunkler Abenteurer, sondern als ein Mann, dem
eines der ersten Häuser in Kurland seine Tochter an-
vertraute, erschienen seyn. Dieß würde gleich anfänglich dort Ansehen gegeben haben, und seinen Absichten sehr dienlich gewesen seyn. Es mislang ihm
aber, weil er seine unedle Gesinnungen allzu früh ver-
rieth *). Indessen bekam er doch von hier aus, nach
St. Petersburg die besten Empfehlungen, die er auch
sehr gut genutzt hat. Aber er durfte sich dem Throne der großen Katharina nicht nahen, so gern er es

F 4   wollte,

*) S. meine Nachricht S. 139.

wollte, weil der durchbringende Verstand dieser erhabenen Frau die Täuschereyen dieses intriganten Gauklers sogleich entdeckte. Da er also bey dieser großen Seele nicht Eingang finden konnte, so verfehlte er seinen Hauptzweck in St. Petersburg, die Hofnung, unter der Regierung der weisen Katharina, sich und seinen Obern einen Wirkungskreis zu verschaffen. Er gab dort nur Stoff zu einem Lustspiele *), welches die erhabene Herrscherinn aller Reussen, selbst unter der Last von Regierungsgeschäften, mit ihrem alles umfassenden Geiste schrieb, um so mit wahrer Weisheit ihr Volk vor Aberglauben zu schützen. Nach der demüthigenden Rolle, die Cagliostro in St. Petersburg gespielt hatte, mußte er nun schnell durch Mitau und Kurland fliehen, weil er den Anblick seiner betrogenen Schüler scheuete. Nach diesem verfehlten Drama führte er das Nachspiel in Warschau auf, welches Hr. Schlosser in der kleinen Schrift: Cagliostro in Warschau **), nachlesen kann.

---

*) Der Betrüger, ein Lustspiel, worinn die erhabene Schriftstellerinn den Cagliostro unter dem Namen: Kalifalkscherston schilderte. Die drey Lustspiele dieser Erhabenen Frau, wider Schwärmerey und Aberglauben, sind 1788 in Berlin zusammen gedruckt. Wenn doch die geheimnißbegierigen Leute das letzte Lustspiel, den sibirischen Schaman, recht erwägen wollten! Es würde die heilsamste Arzney für ihre Krankheit seyn.

*) Diese Schrift ist ein kurzer Auszug des Tagebuchs des Grafen Moczinski in Warschau über Cagliostro

kann. Alle diejenigen, welche in Warschau vom
Cagliostro betrogen wurden, sind Personen, die sowohl ihres Standes als ihrer Geistesfähigkeiten wegen daselbst viel Ansehen hatten. Man sieht, welch
ein schlauer Betrüger er war, und welches die Folgen der noch in ganz Europa allgemein ausgebreite-
ten Sucht nach Geheimnissen der Magie, der Geisterseherey und Alchymie sind, indem sehr kluge Leute
dadurch den Betrügereyen schlauer Abenteurer bloß-
gestellt werden, und die unbekannten Obern, die solche Abenteurer zu Emissarien brauchen, sehr gut
Spiel haben.

Es thut wehe, mit einem Manne von Verdien-
sten, wie Hr. Schlosser ist, über wichtige Gegenstände im Mißverständnisse zu seyn. Ich wollte mich
gern mit ihm vereinigen. Er sucht in seinem Auf-
satze dem groben Betruge eines strafwürdigen Betrügers ein edles Ansehen zu geben. Hierinn kann ich
unmöglich mit ihm einig seyn. Aber er schließt seinen Aufsatz mit folgenden Worten: „Nur die reine
„Predigt des weisen Glaubens kann die Glückselig-
„keit der Menschen sichern, gegen Aberglauben und
„Unglauben.“

Ich hoffe noch, wenigstens hierinn werden wir
einig seyn, wenn wir uns recht verstehen.

Weiser Glauben wird jedem Denker und jedem
Freunde der Tugend heilig seyn. Weiser Glauben
F 5 hält

stro's dortigen Aufenthalt und grobe Betrügereyen,
das ich im Manuskripte ganz vollständig besitze.

hält sich aus Vernunftgründen überzeugt, daß ein
ewiges Wesen das ganze Weltall schuf, und mit gleich
weiser Milde für die Glückseligkeit des Würmchens,
des Menschen, und aller uns unbekannten Wesen
sorget. Weiser Glauben findet, daß Christus der
Gesandte Gottes ist, dessen Leben und Tod zum Heil
aller Menschen gereichen würde, wenn Menschen nicht
die beseligende Lehre Jesu verdrehten, und zum Deckmantel so mancher Schandthaten machten. Weiser
Glauben findet in der ganzen Natur, aus welcher
Christus seine erhabenen Gleichnisse schöpfte, die be-
ruhigende Wahrheit der Unsterblichkeit unserer Seele,
welche die so göttliche Lehre Jesu bestätigt. Weiser
Glauben hält sich überzeugt, daß, wie Christus es
uns gelehrt hat, nur wahre Tugend eine Ewigkeit
hindurch glücklich machen könne. Weiser Glauben
bebt aber auch zurück, wenn die Unbekannten Obern
durch Cagliostro den geheimnißbegierigen Zirkeln einbilden lassen *): „Es fehlten drey Kapitel aus
„der Bibel, die in den Händen der Magiker
„sind, und daß dem, wer nur eins von diesen
„Kapiteln besitzt, schon übernatürliche Kräfte
„zu Gebote stehen.“ Weiser Glauben bebt zurück, wenn ein neues Evangelium in Swedenborgs Schriften angekündigt wird, wenn neue
Wunderthäter auftreten, die zum schädlichsten Aberglauben hinleiten, und nun sogar Reisen anstellen,
um das neue Jerusalem in Afrika zu suchen.

Im

*) S. meine Nachricht von Cagliostro, S. 125.

Im Jänner d. J. der Berlinischen Monatsschrift ist von der letzten Vorspiegelung in dem Auf-
satze: Das neue Jerusalem auf Erden, Nachricht
zu finden. Schon im Oktober des vorigen Jahres wurde mir aus Hamburg geschrieben, daß von Stockholm
aus, der Sänger des Messias von einigen Mitglie-
dern einer neuentstehenden geheimen Gesellschaft aufgefordert sey, zur Sekte der Swedenborgianer zu
treten. Auch Herr Oberkonsistorialrath Teller in Berlin schrieb mir neulich mit herzlichem Bedauren, daß in unserm sogenannten aufgeklärten
Jahrhundert noch der schädlichste Aberglauben herrscht,
und daß ihm selbst eine höchst schwärmerische Schrift
zugeschickt sey. Ich setze hier einen Auszug des Briefes dieses vortreflichen Geistlichen her, welches er mir
auf meine Bitte erlaubt hat;

„Wer wird nun aber dem Unwesen der Magnetis-
„scurs steuren; und welchen Schaden werden diese
„thun? — Schon ist wieder eine mit diesen zusam-
„menhängende Société, wie sie sich nennt, exégétique et
„philantropique in Stockholm entstanden, die ganz
„neuerlich eine Lettre sur le Somnambulisme hat aus-
„gehen lassen, und diese Schrift an die Püsegursche Ge-
„sellschaft in Straßburg gerichtet hat: auch ich habe
„ein Exemplar gesandt bekommen, worinn die Schrif-
„ten Swedenborgs für eine neue Offenbarung ausge-
„geben werden: und der magnetische Zauber wird als
„ein Vorläufer des zu errichtenden neuen Jerusalems
„betrachtet.“

Wahr-

Wahrscheinlich ist diese schädliche Schrift auch vielen andern Personen gesandt worden, die nicht Klopstock's und Tellers richtige Begriffe der christlichen Religion haben, und bey denen diese Träumereyen gewiß schädlichen Einfluß haben werden. Wenn man Swedenborgs Reisebeschreibung in die Planeten für nicht wichtiger, als Klimms unterirrdische Reisen, ausgiebt; dann kann Hr. Schlosser ohne Schaden seinen satyrischen Einfall, daß die Geister im Merkur Gedanken aussaugen, anpreisen *). Wenn aber dieses Träumers Schriften im Ernste eine neue Offenbarung Gottes, und eine neue Bibel werden sollen; dann wird jeder, der noch nicht vom Wahnglauben verführt ist, diesen unseligen Irrthum der Menschen beseufzen, und noch genauer dem weisen Glauben an Schrift und Vernunft folgen.

So viel über Herrn Schlosser; ich eile zum Schlusse. Diejenigen, welche diese Schrift zu lesen würdigen, mögen entscheiden, ob ich Unrecht that, dem Herrn Oberhofprediger Stark in meinem entlarvten Cagliostro, einen sanften Wink zu geben, um zu veranlassen, daß er sein zweydeutiges Betragen dergestalt auseinandersetze, daß er Freunden der Wahrheit einen genügenden Aufschluß darüber giebt. Denn ich muß es wiederholen: Auch mich führte Herr D. Stark durch seine Geistergeschichten länger irre, und machte mich gegen die Vorstellun=

*) S. Schlossers Vertheidigung Cagliostro's, im deutschen Museum, S. 57.

stellungen meiner weisen Freunde daw der,
eine Weile taub, weil ich auf die magischen Geheimnisse, die er als ein geistlicher Maçon, als
ein vornehmer Kleriker, nach der damaligen allge-
meinen Meinung besitzen sollte, den größten Werth
setzte, und mich daher auf seine Autorität stützte.
Ich konnte es damals unmöglich denken, daß ein
Mann von Starks Einsichten und Gelehrsamkeit,
Verbindungen mit Geistern anpreisen würde,
ohne aus eigener Erfahrung, und nach gründ-
licher Kenntniß und völliger Uebererzeugung,
diesen vermeinten Weg zur höhern Glückseligkeit zu
kennen. Noch weniger konnte ich dem Gedanken
Raum geben, daß ein gewissenhafter Lehrer der
heiligen Religion Jesu in so mancher wißbegierigen
Seele den Hang zur Geisterseherey, durch eine
Menge Geistergeschichten nähren würde, ohne selbst
an das, was er damals als heilige Wahrheit lehrte, zu glauben. Noch viel weniger hätte ich je bis
jetzt glauben können, wenn ich es nicht gedruckt
läse, Herr Oberhofprediger Stark würde öffentlich vorgeben wollen, Schröpfer sey ein Betrüger, und er habe ihn von Anfang an verachtet.
Denn hätte ich mir es nur träumen lassen können, daß Herr Stark Schröpfern, den er mir
noch 1780 als Geistergebieter empfohl, schon
1773 für einen Betrüger gehalten hätte, und daß
er mich, wenn er anders wahr redet, also zu dem
Nachfolger eines Betrügers, zu Fröhlich hin-
wieß; dann würde ich gewiß damals bald von meiner Schwärmerey geheilt worden seyn, und in die

Aufrich-

Aufrichtigkeit und Glaubwürdigkeit des Herrn
D. Stark, und folglich in alle die herrlichen Geheimnisse, schon im Jahre 1780 großes Mistrauen
gesetzt haben, die er seinen Schülern mitzutheilen
versprach.

Ich bin überzeugt, daß Niemand von denen,
die mich genau kennen, zweifeln wird, daß ich bey
der Erzählung der Thatsachen, die ich über Cagliostro und über Herrn Oberhofprediger Stark anführen
mußte, aufs strengste der Wahrheit gefolgt bin.
Sollten aber einige von denen, die mich nicht genau
kennen, irgend etwas von den Thatsachen die ich erzählt habe, in Zweifel ziehen; so wünschte ich, daß
diese ihren hiesigen Bekannten aufgeben wollten, sich
nach dem Grund und Ungrund dessen, was ich in
dieser und meiner vorigen Schrift darstelle, bey solchen hiesigen glaubwürdigen Leuten, welche von diesen Sachen gut unterrichtet seyn können, im Vertrauen
näher zu erkundigen. Es leben hier noch manche Personen, welche von Cagliostro betrogen, und vom
Herrn Oberhofprediger Stark mit Erwartungen hoher
Geheimnisse hingehalten worden sind. Einige können
sich freylich nicht entschließen, öffentlich sich als Zeugen von solchen Thatsachen, deren Wahrheit sie sehr
wohl wissen, und die sie misbilligen, anführen zu
lassen. Einige wollen nur nicht schriftliches Zeugniß
geben; aber mündlich sagen sie hierüber genug, und
noch mehr, als ich hier anzuführen nöthig und nützlich geachtet habe. Wenigstens bin ich gewiß überzeugt, daß nicht alle sich weigern werden, gegen red-
liche

liche Leute, von denen sie gewiß versichert sind, in den
Verbindungen, in welchen sie noch stehen, nicht
kompromittirt zu werden, im Vertrauen, der
Wahrheit ihr Zeugniß zu geben.

Welches Verdienst könnte Herr Stark um die
Menschheit haben, wenn er nun endlich zur Warnung anderer, ein öffentliches offenherziges Bekenntniß von den Irrgängen seiner Seele ablegen würde!
War es vielleicht Mangel an Ueberlegung; war es
vielleicht Trieb zur Vollkommenheit, und Durst, Menschenglück zu befördern, die seine ehemaligen jugendlichen Schritte irre geführt haben? Ich wollte Gott
danken, wenn ich überzeugt würde, daß es so gewesen wäre, wenn ich überzeugt würde, daß er seiner
jugendlichen Geheimnißsucht die er noch 1780 in Mitau so eifrig fortpflanzte, nun gänzlich entsagt hätte,
und nun die Ehrfurcht verachtete, mit der er damals
in den geheimen Zirkeln angestaunt wurde. Will er
dereinst froh dem Tode entgegen gehen, der uns allen
gewiß ist, dann mache er sich nicht ferner fremder
Sünden theilhaftig, und führe durch sein Leugnen so
mancher Thatsachen, und durch seine schwankenden
Entschuldigungen und Vermäntelungen, nicht immer
noch gutmüthige Menschen irre, welche die Kräfte
ihrer Seele, und oft auch ihr ganzes Vermögen im
Suchen hoher Geheimnisse verschwenden, und so,
statt nützliche Mitglieder des Staats zu werden, ihre
Thätigkeit nur darauf verwenden den schädlichsten
Wahnglauben fortzupflanzen, und sonst würdige
Menschen zu Bällen zu machen, mit welchen arg-
listige

liſtige Betrüger ihren Zwecken gemäß ſpielen können. *)

Sollte Herr Oberhofprediger Stark auf dieſe
Blätter öffentlich antworten, und entweder ein frey-
müthiges Bekenntniß ſeiner Verirrungen ablegen,
oder es auch nur genügend, aber mit recht deutlicher
Auseinanderſetzung, und ohne Vorbehalt, darthun,
daß er ſich, ſo ſehr ſtark auch der Schein wider ihn
iſt, dennoch völlig rechtfertigen könne; ſo werde ich es
mir

*) Ich kenne ſehr achtungswerthe Menſchen, die ihr
ganzes Vermögen, und ihre Thätigkeit, ſolchen
geheimen Geſellſchaften widmen, in welchen Verbindungen mit höhern Geiſtern und Alchymie gelehrt wird. Mit ſchlauer Liſt entfernen die Obern
aus dieſen Kreiſen, Naturforſcher und Chemie-
verſtändige, und ſuchen, wo ſie können, die
menſchliche Vernunft zu erniedrigen und aus ihren Kreiſen zu verbannen, um ſie durch unbe-
dingten Glauben an die vernunftwidrigſten
Dinge, dahin zu leiten, daß ſie nur auf Einge-
bungen des heiligen Geiſtes warten, und durch
Gebet, (welches uns doch eigentlich nur zu Gott
erheben, im Guten befeſtigen, und unſern Geiſt
erheben ſoll) Gold zu machen, die Univerſalarzney
zu erhalten, und Geiſtererſcheinungen zu ſehen
hoffen. So werden oft nützliche Mitglieder des
Staats durch dieſen unſeligen Hang zu übernatürlichen Geheimniſſen, von allen geſelligen Pflichten abgeleitet, und leben nur für die myſti-
ſchen Geheimniſſe, die keinem noch die gehoffte
und von den Unbekannten Obern verſprochene Wirkung geleiſtet haben.

mir zur Pflicht machen, ihn, auf den ersten Fall,
einen öffentlichen Beweis derjenigen Hochachtung zu
geben, die ich ihm ehemals widmete, und die er alsdann von allen Freunden der Wahrheit verdienen
wird, wenn er seine Verirrungen zum warnenden
Beyspiele für andere gesteht; wenn er den Pylades,
oder wer ihn sonst verführte, entlarvt; wenn er sagt,
wer der dreymal gesegnete Vater *) seyn soll, und
der gütige Führer, der uns zu ihm bringt; wenn
er die wahre Entstehung die wahre Beschaffenheit und die eigentlichen Triebfedern der Maschine des äußerlich so ganz katholisch aussehenden
Klerikats auseinandersetzt, und, wenn er kann, mit
überzeugenden Beweisen darthut, daß dieß Klerikat
nur Thorheit und Gaukelspiel, nicht aber, wie
es leider noch immer das Ansehen hat, geheime Ma-
chination von unbekannten Obern gewesen, die
es mit der protestantischen Religion und mit
dem menschlichen gesunden Verstande nicht gut
meinten; wenn er auseinandersetzt, wie es zugegangen
sey, daß von dem Klerikate, das, seinem Vorgeben zufol-
ge, nur acht unbedeutende Leute enthalten haben soll,
allgemein die Meinung verbreitet worden: es wären
darinn

*) S. Antl-Nikäse, 2r Th. S. 45. 58. Herr
Starke giebt in seiner Vertheidigung vor, dieß
wäre ein gewöhnlicher Freymaurerausdruck. Ich
habe sehr erfahrne Freymaurer versichern hören,
daß sie diesen Ausdruck sonst nie gehört hätten,
und daß ihnen dessen eigentliche Bedeutung gar
nicht bekannt sey.

v. d. Recke Etwas über Stark.   G

darinn die ächten geheimſten Geheimniſſe verborgen,
und wie es zugegangen iſt, daß er ſelbſt nie dieſer all-
gemeinen Meinung der Geheimnißluſtigen wi-
derſprach, ſondern vielmehr durch ſeine geheimnißvollen Reden dieſe Meinung beſtärkte, und den
Wahn, daß dieſe Geheimniſſe des Klerikats in
Magie beſtänden, ſo ſehr in den Gemüthern befeſtigte.
Aber auch auf den zweyten Fall werde ich mir es eben
ſo ſehr zur Pflicht machen, es öffentlich zu bekennen,
daß mir es ſehr leid thue, dem Anſcheine, der
wider ihn war, vollen Glauben beygemeſſen zu haben.
Doch bedaure ich es zugleich in ſolchem Falle, daß
Herr Stark nicht lieber ſogleich ſich befriedigen=
der und deutlicher vertheidigt, ſondern in ſeiner
tauſend ſechshundert Seiten langen Rechtfertigung,
für diejenigen, welche mit ſeinen eigentlichen geheimen Bemühungen nicht unbekannt ſind, nichts
recht genügendes gegen den wider ihn herrſchenden
Verdacht geſagt, und mich dadurch in die Verlegen-
heit geſetzt hat, durch dieſe Blätter den erſten Wink,
den ich ihm gegeben habe, zu rechtfertigen, und über
ſeine ſehr tadelyswürdige Art ſich in geheimen Zirkeln
zu betragen noch etwas deutlicher zu reden.

Sollte der Herr Oberhofprediger mir aber auf
die beiden erſten Fälle kein Genüge leiſten; dann kann
er ſich, wenn es ihm gefällt, wieder in Schimpf-
wörten erſchöpfen, und dieſe auch auf mich ſo wie auf
ſeine andere Gegner in ſeinem Unmuthe ausſtrömen
laſſen. Ich werde dann gewiß dazu ſchweigen, und
mich durch ſolche Begegnung im geringſten nicht für
beleidigt achten; denn dieſes unwürdige und falſche
Vers

Vertheidigungsmittel des Schimpfens ist, nach dem
Urtheile aller vernünftigen und geraden Menschen,
das untrüglichste Merkmal einer sehr schlechten Sache,
und meistentheils auch eines nicht beſſern Herzens.

Ich wiederhole es also: Nur auf den Fall, daß
entweder Herr Stark mir und benen, bie ſein gan=
zes Betragen genau kennen, Genüge leiſtet, oder
wenn ich auf irgend eine Art die Wahrheit in ein
stärkeres Licht ſetzen kann, werde ich mich, falls
er antworten sollte, über dieſe Antwort näher erklären;
aber sonst schweige ich gewiß, wenn ich auch noch ſo
bitter angegriffen werden sollte, und hülle mich ganz
ruhig in das Bewußtseyn, baß ich meinen gegenwär=
tigen Schritt genau geprüft, und mich bey jeder Zeile,
die ich niederschrieb, gefragt habe, wie ich diesen
Schritt (den ich, meiner Ueberzeugung nach, zum
Beſten meiner Mitmenſchen, die irre geführt werden,
wagen mußte) dereinst vor dem Richterstuhle Gottes
verantworten werde? — Dort, wo auch das Be=
tragen des Herrn Oberhofpredigers, und alle Trieb=
federn seiner Handlungen, auch der geheimſten,
ſo wie die meinigen, vor dem allmächtigen und all=
wiſſenden Richter der Herzen enthüllt ſeyn werden.